怠惰な悪辱貴族に転生した俺、シナリオをぶっ壊したら規格外の魔力で最凶になった2

菊池快晴

角川スニーカー文庫

24300

CONTENTS

illustration 桑島黎音
Design AFTERGLOW

序章　回想

――ヴァイス・ファンセント。

これは、俺が転生した男の名前だ。

人を人と思わない、卑怯《ひきょう》な行為が大好きな、凌辱《りょうじょく》悪役貴族。

怠惰で、努力が嫌いで、最低で、ゴミカスで、ああクソ、一言じゃ語れねえな。

『ノブレス・オブリージュ』というゲームがある。

魔物にすべてを奪われた主人公アレンが、魔王を倒すまでの物語だ。

そこに至るまでの道のりは過酷で激しく、最後は涙なしには語れない。

出会いと衝突を繰り返して、身も心も大人になっていく主人公に、プレイヤーはいつしか自分自身を重ねていく。

だが物語には、相応の役割が存在する。

通行人、使用人、同級生、家族、教員、仲間、悪党――かませ犬。

そして俺が転生した男は、言い表すことも憚《はばか》られるようなクソだった。

原作ゲームでは、主人公が入学した学園でその前に立ちふさがる小悪党だ。だが実力が足りず、ボロボロに破れてしまう。それからはただひたすらにみじめな奴《やつ》だ。

最後は魔王の盾にされて、身体が穴だらけとなり息絶える。

そんな未来が待っている男に転生しただなんて、考えただけで吐き気がした。

『ヴァイス様、頑張りましょうね！』

だから俺は破滅に抗《あらが》おうと努力を始めた。メイドのリリスが傍《そば》にいてくれたおかげで、苦労はしても困ることはなかった。

『何だ、もう終わりかヴァイス？』

師匠のミルク・アビタスとも出会えた。もう少し、優しくしてほしいが。

『ヴァイス、今日も素敵なお顔をしていますわ』

それからシンティアと出会った。ごにょごにょ食事会を経て、婚約者になった。

学園に入学してからは主人公アレンと出会い、何度もやり合った。

『ヴァイス、僕は必ず君に勝つ』

退学するはずだったカルタを引き留め、死ぬはずだったシャリーの未来をも改変した。

未来は変化している。

だがまだこれからだ。俺の破滅は、まだ先にある。

これまで以上に、運命に抗うため、努力し続ける——。

「ヴァイスのお手々、スベスベで気持ちいいですわ」

「そうか?」

「ヴァイス様、まるでこう、何というか、プロみたいです!」

「そうか」

そんなことを考えながら、二人の美女の背中に、サンオイルを塗っていた。

婚約者のシンティアと、メイドで同級生のリリス。

二人は海辺の砂浜に、タオルを敷いて寝そべっており、俺はちょうどその真ん中にいる。

季節は夏真っ盛り、太陽が煌《きら》めき、肌がじりじりと汗ばんでいる。

シンティアは、フレアチュール、バックレースの黒い水着を着ていた。年齢よりも大人びた彼女にピッタリな妖艶さで似合っている。

対してリリスは、パレオ付きのピンク水着だ。笑顔がよく似合う彼女に相応《ふさわ》しい。

ちなみにだが、チュールとは六角形の編目の薄い網状の布のことで、パレオは一枚布を身体に巻き付けて、端を縛ることを指す。どちらも女性の美しさを引き立たせることができるのが特徴だ。

といっても、俺は男だ。水着のことはよく知らないし、今まで考えたこともない。

　そもそも、本来ならばこの時代にそんなものはない。だが気にするな。この世界は、『ノブレス・オブリージュ』だからな。

「リリスの水着、凄《すご》くお似合いですわ。さすが、ヴァイスが選んでくれただけあります」

「いえいえ！　シンティアさんも凄くお似合いですよ！　さすがヴァイス様です！」

「そうか」

　水着のことはわからないと念押ししたのだが、どうしても選んでほしいと頼まれた。

　メイド服のときもそうだったが、俺に聞くのがそもそもの間違いだ。

　といっても、彼女たちにはいつも世話になっている。できるだけ似合うと思えるものを選んであげた。ふむ……。

「シンティア、次に機会があればモノキニを着てみたらどうだ？」

「モノ……？　それはどういう水着なのですか？」

「俺も詳しくは知らないが、背中が開いていることでスタイルが強調されるものだ。君ならきっと似合うだろう」

「うふふ、ありがとうございます」

「ヴァイス様、私は⁉」

「そうだな。あえてのタンキニもいいんじゃないか。本来は体形を隠すような水着だが、逆にそれがそそられ――いや、なんとなくだが」

「えへへ、じゃあ次はそれにします！」

笑顔で礼を言われるのは嬉《うれ》しいが、よく知らないので申し訳ない。

『ノブレス・オブリージュ』は、とても過酷なゲームだ。息をつく暇もない過酷なイベント。

なのになぜこんなのんびりしているのか？

日差しに目を細めながら周囲を見渡すと、綺麗《きれい》な青い海が広がっていた。

裕福そうな家族やカップルが海水浴を楽しんでいる。

そう今は――夏休《エスターム》みだ。

「しかし幸せですわ。ヴァイスのお父様に感謝せねばなりません」

「本当ですね。こんな楽園があるとは思いませんでした」

「確かにいいところだな。帰りに土産でも買って帰るか」

この場所はユースと呼ばれる街で、いわゆるリゾート地だ。

赤道に近く、南の海岸沿いに位置する。

交通手段に限りがあるため、観光客は多いが、訪れるのはほとんどが貴族だ。

それに伴って物価は高いが、おかげで食事や土産の品質は良く、犯罪もほとんどない。

安心安全のユース、と貴族の間では言われている。

景色はとにかく綺麗の一言に尽きる。

原作でもこの街が好きな奴は多かった。そして俺も、その一人だ。

ここへ来たのは、俺の父、つまりヴァイスの父親、アゲート・ファンセントが気を利かせてくれたからだ。

外交や仕事で忙しくてあまり家にはいないが、夏休みに入る前、手紙が届いた。

『親愛なるうちゅくしい我が息子へ』

誤字かと思い読み進められなかったが、ゼビスに確認したところ問題ないとのことだった。で、続きはこうだ。

『学業も忙しいだろうが、シンティア嬢との時間は取れているか？　いや、取れていないだろう。私にはわかる。私はうちゅくしいお前の父親だからな。ということで、船のチケットと宿を手配しておいた。リリスも連れていくがよい。詳しい事はゼビスに伝えてある。紳士らしくエスコートをするんだぞ。お前は私に似て優しく、恰好《かっこ》よく、それでいて可愛《かわい》く、それでいて――』

と、ここから先は長いので割愛しておく。

ミルク先生は意外といってはなんだが良家の出らしく、面倒だが実家に帰らなきゃいけないとぶつぶつ呟《つぶや》きながら去っていった。

俺に遊んでいる暇はない。シンティアには悪いが、父からの手紙を見なかったことにして訓練をしようとしていたら、翌朝、彼女が家に尋ねてきた。

それも、大きな荷物を持って。

『さて、行きましょうか、ヴァイス』

さすが父上、俺の性格までしっかりと把握していたらしく、シンティアには既に通達済みだったらしい。

だが行先がユースと聞いて驚いた。何とここは、原作で主人公アレンが中盤に訪れる重要な場所なのだ。

「そういえば、誰が選ばれるんですかね。もちろん、ヴァイス様は当然でしょうけど」

「成績が優秀だからといってどうなるかはわからない。リリス、お前の可能性もある。とはいえ、シンティアは間違いないだろうが」

「そんなことありませんわ。ただ、選ばれると嬉しいですけれど」

ノブレス魔法学園には、年に一度行われる大事な行事がある。

それは、学園対抗の大会《トーナメント》だ。

創作物が好きな奴なら、このイベントがいかに盛り上がるのか容易に想像できるだろう。

大勢の観衆が見守る中、生徒同士が競い最強校を決める。

当然だが、この世界に魔法学園は一つじゃない。

ノブレス魔法学園はその中でも優秀な奴らが集まっているが、大会は学年ごとに開催されることもあって、世代によって優劣が変わる。

去年はエヴァ・エイブリーが相当暴れたらしい。他校の生徒が自信をなくし、自主退学者が大勢出たという話を聞いた。

剣魔杯は、原作でも最も困難と言われたイベントだ。だが俺は、必ず優勝《クリア》してやる。

「もし俺たちの誰かが選ばれたら、必ず勝つぞ」

「はいですわ」

「もちろんです！」

だが出場メンバーは、立候補で決定するわけでも生徒たちの投票で決定するわけでもない。

教員と学園長による独断と偏見で決定する。

当然、成績は考慮されるだろうが、魔法には相性がある。作戦次第では俺が外される可能性も十分あるだろう。

実際、原作ではヴァイスはチームに入っていない。シンティアはいたが、今回はわからない。

ただ、主人公野郎《アレン》は間違いないだろう。

……あいつが闘技場で恰好つけているのは、想像するだけでモヤモヤするが。

ただ今はそれよりも大切なことがある。

「シンティア、リリス、本当にいいんだな？」

俺の問いかけに、二人は上半身を起こしてから顔を見合わせ、しっかりと頷《うなず》いた。

「もちろんです。こんな素敵な街に悪人がいるだなんて、絶対に許せませんわ」

「私は……誰かに道徳を説くことができるような人間ではありません。ですが、今の心はシンティアさんと同じです」

「悪いが、俺は正義のためにやるわけじゃない。言うなればただの腕試しだ。大会に向けて実践を積んでおきたいのもある。それと、俺より偉そうな奴らが蔓延《はびこ》ってるのは許せないからなァ」

ユースはただの観光地じゃない。

そもそも、『ノブレス・オブリージュ』に平和な街なんてほとんど存在しない。

アレンという正義の主人公が訪れる街が、笑顔で溢《あふ》れているなんてつまらないだろう。

表向きは菩薩《ぼさつ》でも、裏では舌を出している悪人が、ユースには蔓延っている。

普通なら見つけることのできない隠れた大悪党ども。だが俺はすべてを知っている。

見つける事は容易《たやす》いだろう。

怠惰に過ごして神頼みなんてことはしない。己の力で勝ち取るために、やるべきことをやる。それが、たとえ夏休み中だろうがなんだろうが。

「よし、なら早速行くぞ――」

「ではヴァイス、泳ぎましょうか」

するとシンティアが、俺の右腕にたゆんたゆんを押し付けた。

ほどよい柔らかさで、思わず頬《ほお》がゆる――いや、何でもない。

「シンティア、遊んでいる暇は――」

「ヴァイス様、悪人は夜に目を覚ますんですよ！　今はまだ寝てます！」

続いてリリスが、左腕にほどよいたゆんをくっ付けた。

心地よい感触が――いや、何でもない。

……だが、リリスの言うことも一理あるか。

寝起きと同時に突撃朝ご飯してもいいが、相手の準備が整っていないと腕試しにはならない。

不意打ちの練習も必要だが、今回は真正面から叩《たた》き潰《つぶ》す力が欲しい。

だったら、もう少し時間は空けたほうが無難か。

決して海で遊びたいわけじゃないが、助言通り、時間を置くことにしよう。

「しょうがない。メリハリは大事とも言うしな」

ミルク先生も休めるときは休めと言っていた。その教えを守るか。

砂浜から立ち上がり、青い海にいざなわれるかのように歩いていく。

ちなみに俺は黒い海パンを穿いているが、これは適当に買ったものだ。男物なんてどうでもいい。といっても、女物に興味があるというわけでもないが。

「ヴァイス、その青くて可愛い浮き輪はいつのまに購入されたんですか？」

「これは海の正装みたいなもんだ。特に深い意味はない」

「なんだか子供みたいで可愛いです！」

純粋なリリスの言葉が、俺の心を少しだけ傷つけた。

決して泳げないわけじゃない。

これは強がりでも何でもなく、実際に学園のプール授業でも一位だった。

山は登る。海は泳ぐ。浮き輪は買う。ただそれだけだ。

「ヴァイス、そのゴーグルはいつのまに購入されたんですか？」

「魚の品質をチェックするためだ。安心しろ、お前たちの分も買ってある」

「さすがヴァイス様です！　何だか答えになっていない気もしますが！」

純粋なリリスの言葉が、俺の心を深く傷つけた。

海は苦手だ。太陽が煌めき、海がいつもより美しく見える。

とはいえ、これも息抜き。修行の一環だ。

「行くぞ。剣魔杯は何が起こるかわからない、海での戦いも想定しておくぞ」

「ヴァイス様、戦うのは闘技場の上だと思いますが、問題なしです！」

それから俺たちは、ほどよく海と戯れてやった。

「ぷかぷかと浮いてるヴァイスも可愛くてたまりませんわ！」

「ゴーグルに水が入って焦るヴァイス様も素敵です！」

汗をかき、塩分を失ったあとは、爽やかな炭酸飲料で喉を潤す。

「美味《おい》しいですわ。初めて飲みました」

「なんだか、喉がしゅわしゅわします！」

「さいだぁはマストだな。飯はうどんか焼きそば、もしくはトウモコロシがあるといいが見当たらない。まったく、ユースもまだまだか」

仕方なくメロメロンフルーツの一本串を食べていると、後ろから聞きなれた声がした。

脳が筋肉で出来ているような声と、何があっても猪《いのしし》みたいに突っ込みそうな声と、幼《おさな》馴染《なじ》みみたいな気が強そうな声だ。

「デューク、それ僕のメロメロン串だよ！」

「硬いこと言うなよアレン！　足りねえんだって！　シャリーのもらえばいいじゃねえか！」

「まったく、海にまできて喧嘩《けんか》しないでよ。せっかくの夏休みなんだから」

俺の知っている奴らな気がする。

だがここで振り返ると、なんだか面倒なことになりそうだ。

シンティアとリリスは、俺の頬をぷにぷにしているからか気づいていない。

……聞こえなかったことにしよう。

静かにその場から離れる。最後に、チラリとだけ視線を向ける。

ムキムキ筋肉と細い締まりのいい筋肉はどうでもいいが、髪色と同じピンク色のワンショルダービキニを着ている女がいた。

なるほど、肩出しとは盲点だった。淡いパステルカラーも悪くない。

健康そうな肌によく似合う。なるほどやるじゃないか。

まったく、こんなところで未公開シーンが見られるなんて嬉し――いや、何でもない。

「シンティア、リリス、遊びは終わりだ。行くぞ」

「「はい！」」

くっ、遊びと言ってしまったじゃないか。

……バレてないよな？

第一章　揺るぎないもの

「黒の十七番だ」

「……本当によろしいのでしょうか？」

「何か問題か？」

「い、いえ」

俺は、数字がたくさん並んだルーレットに大金を掛けていた。

周囲は華やかな装飾で彩られ、多くの遊具で貴族が大勢楽しんでやがる。

ユースには二つの顔がある。

朝や昼は家族連れで賑《にぎ》わっているが、夜になると大人の店が次々と営業をしはじめるのだ。

この世界に年齢制限なんてものはない。

大人でなくてもアルコールだって飲めるし、自分がしたいと思えばどんなことも可能だ。

「おおお、すげえ、本当に黒の十七番だぜ」

「あの子供、連続で的中させてねえか？」

「もしかして未来でも見えてるのか？」

ここはユースで一番デカい大人の施設、カジノだ。

もちろん合法で、安全。表向きはな。

「……どうぞこちらです——」

「そのすべてを赤の二十番だ」

「……かしこまりました」

俺の横には、初めて出会った時と同じ純白のドレスに身を包んだシンティアがいた。

反対側には、深紅のドレスを着たリリス。

ディーラーは怯《おび》えていた。無理もないだろう。

席に着いてから数十分しか経っていないにもかかわらず、子供が大金を積み上げているのだから。

だがこれは偶然じゃない。

指の動き、魔力の動き、さらには原作の知識を使ったイカサマに近い。

といっても、タネも仕掛けもねえが。

だがこれはただの撒き餌《まえ》だ。

遊びはもうすぐ終わりを告げる。ここからが本番だ。

「デューク、もうやめなよ！　お金なくなっちゃうよ⁉」

「大丈夫だってアレン！　次、ぜってえ当てっから！　見てろって！」

「あんた……絶対に破滅するタイプだわ」

……なんか後ろから聞こえたが、無視だ。

次も無事に的中したところで、俺はメロメロンジュースを頼んだ。

勝利の美ジュース。アルコールはなし。

「ヴァイス、凄すぎますわ。あなたは未来が見えるのでしょうか？」

「そんなとこだな」

「ふふふ、ヴァイス様が言うのであれば本当に聞こえます」

周囲はざわついていたが、それでいい。

やがて予想通り、デカくて強そうな男たちが俺の前にやってきた。

その一人が、俺に密《ひそ》かに耳打ちをする。

――ビンゴだ。

「どうぞこちらへ」

「ああ」

俺は、奥の通路まで案内された。

シンティアとリリスは連れていけないと言われたが、彼女らがそれを了承するわけがない。

ひと睨《にら》みで納得させてから扉を何度か潜《くぐ》ると、そこには異様な空気が漂っていた。

「クソ、は、破滅だあああ」

「ちきしょう！　なら俺はこの奴隷を賭けるぜ」

「俺もだ！」

ここは金持ちのクソどもが集まる秘密の場所だ。

レートに制限がなく、悪名高い貴族だけが入ることのできる場所でもある。

ヴァイス・ファンセントってのが功を奏したな。

まったく、嫌な奴に転生したものだ。

といっても、今日ばかりは感謝しているが。

俺は、静かに魔力を漲《みなぎ》らせた。

ここにいる連中のほとんどが犯罪者だ。中には賞金首や逃亡犯までいる。

――全員まとめて捕まえてやる。

「シンティア、リリス。ここから先は遊びじゃない。自分の身は自分で守れよ」

「もちろんですわ。私は自分の意思でここへ来ましたので」

「同じくです。私は誰も外に出さないように入り口をすべて封鎖します」

まったく、優秀な二人だ。

何よりも胸クソが悪いのは、今この場に鉄籠に入った奴隷がいること。
この場所では、人ですら賭けの対象にできる。
――これは、俺が一番嫌いなエピソードなんだよ。
「なんだ、ガキどもがこんなところに――ひ、ひやああああああ！」
「お前の賞金は百万だったか？　とりあえず、そこで痛がってろ」
最初に絡んできたのは、賞金首の張り紙で見たことのある奴だ。
奴隷商人と名乗っているものの、ただの誘拐犯だ。
多くの国で指名手配されている。
腕を一撃で切り落とすと、地面でのたうち回った。
突然の惨状を目の当たりにして、その場にいた男たちはすぐ武器を取り出した。
ギャンブルで遊《あそ》び惚《ほう》けているからといって全員が雑魚なわけじゃない。
魔法使いに剣士くずれ、ほかにも何人か腕利きが揃《そろ》っている。
これは俺にとっちゃトーナメントに向けての特訓だ。
超実戦向きのなァ。
さて、出し惜しみはしないでおくか。
――【癒やしの加護《ヒールライト》と破壊の衝動《ダークライト》】。

「な、何だこれは⁉　魔法陣だと⁉」

「あ、あいつらを殺せ！」

「ガキが、大人を舐《な》めるなよ！」

地面の魔法陣が光り輝くと、その場にいる連中から攻撃力、防御力、魔力を吸い取った。

そのすべてが、俺とシンティア、リリスに加護として降り注ぐ。

「お前らの好きなギャンブルをしてやる。俺が勝つか、お前らが勝つか、命をベットしやがれ」

腕に自信のある奴らがまず俺に魔法を放ってきやがった。

しかしそんなもの当たるわけがない。

俺は冒険者の資格も持っている。基本的に賞金首は殺しても金はもらえるが、中には生かさないといけない奴もいる。

いちいち確認している暇はない。戦闘能力《ギフト》だけを削《そ》いでいく。

「死ね、ファイア――」

「遅い」

「ひ、ひぃ！　何だコイツ、なんでこんな速いんだよ⁉」

「お前らが遅いんじゃねえのか？」

どいつもこいつもミルク先生の足元にも及ばない。

昔は名のある奴でも、怠惰に胡坐《あぐら》をかいて過ごすと腐っていく。もちろん、性格もな。

「氷槍《アイスランス》――。もう、大丈夫ですわ」

「あ、ありがとうございます！」

シンティアは違法に捕まえられていた奴隷を助けていた。

いかにも彼女らしい、実にヒロイン的な行動だ。

「し、死ねえ！」

「――私の身体に触れないでくださいませ」

だが、切りかかってきた男の腕に手を触れると、何と一瞬で凍らせた。

凍傷どころじゃ済まないだろうな。

原作よりも厳しくなってやがる。ハッ、随分と俺好みになっているじゃないか。

「ここからは先は、誰も逃がしませんよ」

「このガキがっ！」

「――あなたたちは、それはかりですね」

リリスはさらに容赦がなかった。手足にナイフを突き刺して、完全に戦闘能力を奪った。

もちろん殺してはいないが、ギリギリのラインだろう。

どこをどう壊せばいいのかわかっている、実に彼女らしい戦い方だ。

俺たちは次々と蹂躙《じゅうりん》していく。やがて逆らう者はいなくなっていった。

賭けは俺の勝ちだ。全員の賞金を合わせたらとんでもない金額になるだろう。

「ヴァイス様！」

だがそのとき、俺はたった一人だけ異質な動きをしている黒いフードを被った奴に気がついた。

リリスの攻撃をかい潜り、シンティアの氷槍をも食らわずに通路に逃げていく。

……あの動きはまさか。いや、ありえない。

「リリス、シンティア、誰も逃げ出さないようにこいつらを見張っていてくれ」

俺は単身で追いかけた。想像している通りの相手なら、二人は勝てない。

扉はあらかじめ封鎖している。しかし、奴なら力づくで破壊することもできるだろう。

行き止まり、フードの男が扉の前で止まっていた。魔力を張らせたところを見ると、破壊しようとしていたらしい。ギリギリ間に合ったな。

「どこへ行くつもりだ？」

「…………」

声さえ聞ければ誰だかわかる。だが相手も気づいたのか、言葉を発しない。

力づくでもと思っていたら、反対側から扉が開いた。

現れたのは――サンバカトリオだ。

「デューク、アレン、シャリー！　そいつを逃がすな！」

その場で強く叫ぶ。三人とも、なぜか剣を構えていた。

一体、何があった？

それにいち早く反応したのは、主人公野郎――アレンだった。

フード男が逃げようと前に進むも、完璧なタイミングで剣を振る。

魔力に淀《よど》みがない、洗練された動きだ。

クソ、また強くなってんじゃねえか？

だがフード男は、驚いた事にアレンの攻撃を難なく回避した。

反撃はせず、その場から逃走する。

この先には一般人が大勢いる。これ以上の追跡は危険か。

だが今の動きで完全に誰だかわかった。奴が誰かを傷つけることはないだろう。

「え、な、なんだ今のは!?」

「黙れササミ。まったく、逃がしやがって。それとお前ら、剣を片手に何してんだ？」

「悲鳴が聞こえたから何事かと思ったんだ」

にしてもタイミングが神がかっている。これも、主人公が呼び寄せたイベントと考えるのが妥当だな。

「ヴァイス、それよりその血!?　大丈夫!?」

するとシャリーが、ピンク髪を揺らしながら近づいてきやがった。

俺の服に触れて、驚きで声を上げやがる。

まったく、こいつは変わらねえな。

「ただの返り血だ。この先に賞金首が大勢いたからな」

「かえりち——え⁉」

「おいササミ、この先でシンティアとリリスが戦っている。先に手伝ってこい」

「い、いいけどなんで俺⁉」

「狭い場所に筋肉は有利だろうが」

「……そうか。たしかにそうだな。よっしゃあ！　うおおおお！」

動く筋肉をその場から排除し、二人に問いかける。

ふう、あいつの正義感は扱いやすくて助かるな。

だがこいつらは面倒だ。案の定、話し合ってやがる。

「シャリー、今逃げた人を追いかけよう。あの動き、絶対にただ者じゃない」

「そうね。行きましょう——」

「やめておけ。追いついたとしても、お前らでは勝てない」

「……勝てない？」

「あいつは名のある賞金首だ。攻撃も当たらなかっただろう。簡単にやられるのがオチだ」

「だったら余計に止めないと」

アレンに何を言っても無駄か……なら、シャリーだな。

「ヴァイス、ちゃんと説明して――」

「シャリー、奴は閃光のタッカーだ」

その名前を聞いた瞬間、シャリーが目を見開いた。

さすが貴族だ。もう耳に入っていたか。

「……嘘《うそ》でしょ」

「本当だ。いいのか？　アレンを無残に殺されたくはないだろう」

「アレン、やめといたほうがいいわ」

「どういうこと？　タッカーって一体、何者？」

「詳しくはシャリーから聞け。だが無駄話がすぎた。奴はもう遠くに逃げただろう。この先に賞金首が大勢いる。お前らも少し手伝え」

「……ヴァイス、君は世界を平和にしたいの？　なぜ、そこまでして――」

アレンの突然の物言いに、俺は鼻でせせら笑う。

「バカなことを言うな。俺にとっちゃ犯罪者は合法的に叩き潰せるただの練習台だ」

「……そんな気持ちで人に暴力をふるうなんて最低だ」

「あァ？　この偽善野郎が。過程がどうであれ結果的に同じだろうが」

「全然違うよ。僕は、人のためにしか剣を振りたくない」

やっぱりこいつとは合わない。竜を倒すときは手を貸したが、いずれ必ず叩き潰す。

それか、今ここでやるかァ？

──それもまた、おもしろい。

アレンは俺の魔力に気づいたらしい。

こいつも、力を漲らせた。

「かかってこいアレン、その口を黙らせてやる」

「……望むところだ、ヴァイス──いてっ」

次の瞬間、アレンがシャリーに殴られた。ハッ、バカ野郎が──っっっ⁉

しかしなぜか俺もだ。

振り返ると、そこにいたのは絶世の美女、シンティアである。

「ヴァイス、こんな時に何をしているのですか」

「……はい」

「バカアレン！　時と場合を考えなさい！」

「ご、ごめん」

主人公野郎が。てめぇのせいで怒られたじゃねえか。

……しかし、シンティアの目が怖いな。今はやめておくか。

「アレン、シャリー、いいから手伝え。役人を呼ぶまで時間がかかる」

「わかったわ。その代わり、もう喧嘩しないでね」

しぶしぶ納得し、元の場所に戻ると、ササミが戦っていた。

まだ元気な賞金首がいたらしい。

「おらぁ！　とらぁ！　あたたたた！　あたっあああ！」

……こいつ、漫画から飛び出てきたんじゃねえのか？

すると、後ろの扉から護衛らしき連中が次々と現れた。ったく、第二ラウンドか。

「アレン、雑魚どもを倒せ。奴らはお前の好きな犯罪者だ」

「言われなくてもわかってる。ヴァイス」

ふん、主人公野郎。

けどまあ、悪人に立ち向かおうとしている姿は、やけに似合ってやがるな。

◇

「おはようヴァイス、今日もかっこいいですわ」

「そうか？」

「ヴァイス様は毎朝、毎昼、毎晩、恰好《かっこ》いいです！」

翌朝、純白のシーツ、豪華な天蓋付きのベッドで目を覚ます。父上が取ってくれた宿は想像よりも高級宿だった。さすが我が父上。

昨晩、俺たちは賞金首や犯罪者を大勢捕まえた。違法賭博に奴隷売買、裏金も洗っていたらしく、想像以上の屑《くず》ばかりだった。

後は法に任せて終わり。少しは練習になったかもな。

しかし一人だけ残っている。原作を考えると、奴はまだこの国にいるだろう。

一階に移動して朝食を食べながら、シンティアとリリスにタッカーの事を伝えた。

――ビルフォード・タッカー。

こいつは、『ノブレス・オブリージュ』の中でも印象的なキャラクターだ。

伯爵家に生まれたタッカーは、幼い頃から頭脳明晰《ずのうめいせき》で周囲を驚かせた。

貴族学園に入学する頃には、魔法と剣術は既に大人を打ち負かすほどだったという。

また人格者でもあり、人望も厚く、宮廷付きとして将来を約束されていたが、その類いまれな技術を余す事なく使うため、一から騎士を目指し、団長《トップ》にまで上り詰める。

戦場では数々の武功を上げた。

二つ名は【閃光】。

だがこれは速さのことじゃない。

タッカーは瞬間的にだが、時間の流れがスローモーションのように視《み》える魔法を使うことができる。

当然のように相手の攻撃は当たらない。

アレンの仕掛けを難なく回避したのは、その能力ゆえだろう。ムカつくが、並大抵の奴が避けられるような攻撃ではなかった。

だがそんなタッカーは、突然に大罪を犯す。

何と自分が仕えていた王を殺したのだ。

原作では物語の中盤、主人公アレンはタッカーと対峙《たいじ》することになる。

大罪人との戦闘、胸が熱くなる。

難易度は非常に高い。

死にゲーと呼ばれる『ノブレス・オブリージュ』では、十回程度は死ぬのが普通だ。

タッカーにいたっては百回が平均とされている。

クソゲー、だが最高のゲーム。

これが、タッカー編の始まりだ。

俺は奴を見つけ出して叩き潰す。それができれば、剣魔杯で優勝することもできるだろう。

「シンティア、リリス。俺はタッカーを捜すが、お前らは絶対に手を出すな」

俺は二人に強く言い放った。

当然、そんなことはできませんと返される。

だが俺は何度も言い返し、無理矢理《むりやり》納得してもらった。

こちらから手を出さなきゃ、おそらく奴は殺しにかかってこない。

「ヴァイス様がそこまでおっしゃるのなら、タッカーは相当お強いのでしょうか？」

「この瞬間だけで言うならば、もしかしたらエヴァと同等かもな」

「……そんな相手を捜すのは大丈夫なのでしょうか？　ヴァイスを信頼していないわけではありませんが、不安なのです」

シンティアが俺の心配をしてくれている。その表情は、ひどく悲しげで、そして美しい。

「危険はある。だがそれくらいのほうがいい練習相手になる」

これは事実だ。雑魚ばかり狩っても意味はない。

するとリリスが不思議そうに尋ねてきた。

「どうしてそんなにお詳しいのですか？　この前初めてタッカーを知ったのではないのでしょうか？」

「……色々だ。情報収集は得意だからな」

ズルをしているみたいなものだが、まだ何も言えない。

まあでも、頭が良さそうに見えるのはちょっと役得か？

……なんか小物だな俺。

「しかし私はヴァイスの身が危険だと判断したら加勢しますよ」

「……ああ、それはいい」

その言い方は、嬉しいなァ。

さて、タッカーの居場所を突き止めるか——。

「それで、タッカーはなんでここにきたんだ？　やっぱり泳ぎにきたのか？　なら、海を捜すか？」

「うーん、デュークみたいにそんな悠長なことするかなあ？　シャリーはどう思う？」

「私は何か目的があって来たんじゃないかなと思う。じゃないと、これだけ人がいる場所に来るかな？　たとえば逃亡資金を貯《た》めるため、とか？」

そのとき、嫌になるほどの聞き慣れた声が後ろから聞こえた。

振り返るまでもなく、気づいたシンティアが「昨日はお疲れさまでした」と声をかける。

「おお!?　なんだヴァイスぅ！　お前たちも同じ宿だったのかよぉ！」

動く筋肉が立ち上がると駆け寄ってきて、俺の肩を摑《つか》んだ。

こいつの馴れ馴れしさは限界を突破しているな。

しかも腕の筋肉が倍増してやがる。

……許さねェ。

「お前らがこんないい宿を取れるとはな。カジノで随分と稼いだのか？」

「おうよ！　でも全額寄付したぜ！　遊んだ金が子供たちの笑顔なるなんて最高だろ！」

「……いいことじゃないか」

「あら、ヴァイスがそんな殊勝なことを言えるだなんて、知らない間に良い子になったのかしら？」

「黙ってろシャリー」

こいつも相変わらずだな。憎たらしい笑顔も変わっていない。

「ヴァイス、僕たちはやっぱりタッカーを追うよ。逃がしたのは、僕たちのせいだから」

「……相変わらず自分の実力がわかってないみたいだな。お前らじゃ勝てない。入学式で俺にボコボコにやられたのを忘れたのか？」

アレンは温厚そうに見えるが、俺と同じで負けん気が強い。

すぐに不満そうな顔をした。

だがシンティアに「仲良くしてください」と耳打ちされてしまう。

「……ただの助言だ。――お前たちのおかげで被害を最小限に食い止められたことは感謝してる」

借りた恩は返す。それが、ファンセント家の掟《おきて》だ。

「よっしゃ、詰めてくれよ！　みんなで飯食おうぜ！　飯！」

「もう食べたところだ。お前らは――」

「メロメロンフルーツがあったわよ。取ってきてあげようか？」

「……まだ小腹は空いてるか」

まったく、シャリーの奴め。

俺と違って、シンティアとリリスは嬉しそうだった。同級生と外で遊ぶなんて今までなかったからな。

「ヴァイス、僕たちはやっぱり力を合わせたほうが――」

「いい加減にしろ。お前たちがやられようが知ったこっちゃないが、それで剣魔杯が中止になったらどう責任を取るつもりだ？」

「……なんでそんな事を言う――ふはいあぇお」

不穏な空気を察知したシャリーが、すかさずアレンのほっぺを摑んだ。

俺は、シンティアの冷気を感じて深呼吸する。

「そういえばアレンさんたちは、剣魔杯に向けて何か準備をしているのですか？」

「おうよ！　毎日鍛えてるぜ！」

「デュークはいつもでしょ。一応、僕たちなりに他校の対策も練ってるんだ。ここへ来たのも、魔物を退治しながら偶然辿《たど》り着《つ》いて」

なるほど、だからユースに来ていたのか。

本来は存在していないはずのシャリーが関係していることは間違いないだろう。

これがどう未来に影響していくのか。だがどうであれ、俺は必ず破滅を回避してやる。

「――ヴァイス、行きましょうか」

「ん？　どこへだ？」

「買い物ですよ！　ヴァイス様」

「……俺はタッカーを捜す。奴はまだこの街のどこかにいる」

「確かに犯罪者が野放しになっているのは許せませんし、良くない事だと思います。ですが、私たちの本分は学園生ですよ。今しかない時間を、あなたと楽しみたいのです」

シンティアが、真面目な表情でそう言った。確かに昨晩は俺のわがままを聞いて大立ち回りをしてくれた。朝まで引き渡しがあって、彼女たちとはほとんど何もできなかった。

一応これは、婚約旅行でもあるか。

「……ちょっとだけだぞ」

「さすがヴァイスぅ！　やっぱいい奴だよなぁ！」

「俺に触れるなデューク。お前は関係ない」

「お？　名前で呼んでくれるなんて、距離が縮まったかぁ!?」

「黙れ雑魚筋肉」

「それは言いすぎだろ……」


結局、シンティアとリリスの強い後押しもあって、主人公野郎と行動することになった。

夏休みを楽しんでいるみたいで嫌だったが、シンティアとリリスの楽しそうな笑顔を見られたのは悪くなかった。

日が落ちるまでユースを観光して、アレンたちは冒険者ギルドに提出物があるらしく途中で別れた。

今日は随分と遊んでしまったが、明日からは必ずタッカーを捜す。

「ユースの良いところを知ることができてよかったです。ねえ、リリス」

「はい。私は、こんな楽しく皆さんと遊べるなんて、想像もしていませんでした」

リリスの過去を考えると、確かに今は奇跡みたいなものだ。

悲し気な表情に気づいたシンティアが、彼女の頬を撫《な》でる。

「私たちは、ずっと一緒ですわ――」

だがそのとき、少し離れた場所で大きな魔力がぶつかり合った。

魔力には癖がある。遠く離れていても観察眼《ダークアイ》を発動すれば見知った奴ならすぐにわかる。

……やっぱりか。

片方は俺がよく知っている野郎だ。

シンティアとリリスも気づいたらしい。さすが優秀だな。

「アレンと、おそらくタッカーだ」

やはりあいつは主人公なのだろう。

この前の通路といい今日といい、偶然にしては出来すぎている。

うすうす感づいていたが、竜と戦った時、先に気づいていたのはアレンだった。

物語の中心はアレン、それは原作と変わらない。

なら——急ぐか。

「シンティア、リリス、君たちは——」

「ついていきますわ」

「はい。同じくです」

何を言っても聞かないという目をしていた。

二人の意思は固い……か。

「なら獲物を横取りしにいくぞ。タッカーは俺の物だ。それでもいいな？」

「「はい！」」

俺たちはすぐに走った。

ユースは広くて綺麗だが、観光業が盛んになってからはまだ日が浅い。

僻地《へきち》であるためか、古い家屋、手入れが行き届いていない建物も多く存在している。

魔力を頼りに辿り着いた先は、隠れ家にはもってこいのボロボロの白い建物だった。入り口のドアは蹴破られていた。中で魔力がぶつかり合っている。

「さて、行きましょうか――」

「一人で行く。お前たちは、北門を出てすぐにある森の中で待ってろ。五百メートルほど進むと開けた場所がある」

「どういうことでしょうか？　なぜ、そんなことを知って――」

「詳しくは後だ。俺が奴を誘導する。タッカーが来たら足止めしておけ。シンティア、リリス、お前たちを信じて頼んでる」

「……そういうことならばヴァイス、わかりました」

「私も承知しました」

二人は顔を見合わせ、俺に理由を訊《たず》ねることなく離れていく。

どうみても変だろうに、あの忠誠心には頭が上がらないな。

さて、気合を入れなおすか。

上を見上げたあと、その場で高く跳躍した。

――不自然な壁《アンナチユラル》。

肉眼で視認しづらい透明な正方形の壁。

それを階段のように作っては消し、二階に向かって外から駆け上がっていく。

木板で封鎖されている窓をぶち破り中に入ると、アレンとタッカーが睨み合っていた。

原作通りの茶色の短い髪、騎士の模様が刻印された片手剣。

互いの身体からは血が流れている。

いや、アレンのほうが傷だらけだな。

やっぱりな、お前では勝てない。

いや、これは正しくないか。——お前が勝ってはいけないイベントだ。

デュークとシャリーの姿がないということは、途中で別れたのか？　それとも、殺られたか。

「クライマックスには間に合ったかァ？」

「……また子供か」

……またか。

ということはやはりあの二人……ったく、雑魚同士が群れてもいいことないな。

さて、どうするか。

「下に追手が来てるぞタッカー」

「……なんだと？」

「アレン、二人はどうした」

「無事だよ。けど、怪我《けが》をさせられた」

そうか、だから怒っているのか。
お前はわかりやすいな、アレン。
さあてタッカー、どうする？
俺の言葉の真偽を確かめるすべはない。
お前にはやることがある。ここで捕まえられるわけにはいかないはずだ。
「……ふん」
タッカーの顔色が変わった。
俺は追い打ちをかけるように魔力を漲らせる。
しかしアレンの奴、タッカーの身体に傷をつけるとは……さすが主人公野郎か。
「――じゃあな」
次の瞬間、タッカーは壁を蹴破って消えていく。
魔力を感じ取り、俺とアレンを相手するのは無理だと判断したのだろう。
さらに追手が来ると言われればなおさらだ。
にしても卓越した魔法技術だ。
壁自体は古くとも、瞬間的に足の裏に魔力を乗せてぶち破るとは。
くっくっくっ、最高だ。
「タッカー、待て！」

「アレン、手を出すな。それにお前は血を流しすぎだ」

「あいつはデュークとシャリーを傷つけた。僕が止める！」

バカが、力づくで止めるか？

「アレン！」

そのとき、階段からデュークとシャリーが現れた。

二人とも見たところ怪我はない。だが魔法の痕跡を感じる。

なるほど、シャリーが回復魔法を覚えたのか。どいつもこいつも努力しやがって。

「デューク、シャリー。アレンを止めておけ。今のこいつでは閃光に勝てない。——死ぬぞ」

「いや、僕は死なない！」

だろうな。だが、それでもダメだ。

「アレン……」

「もし付いてきたらお前らを殺す。俺は本気だ」

俺の漲る殺気に気づいたらしく、空気が変わった。

お前たちの役目はここまでだ。

「じゃあな。宿に帰っておとなしく寝てろ」

アレンたちを残し、俺はタッカーを追いかけた。

観察眼で痕跡を探すと、予想通りに森へ向かっていた。

急いで追いかけると、タッカーが森の真ん中で立ち往生している。

シンティアとリリスが、それぞれ挟み撃ちしているのだ。

少し心配だったが、さすが俺の婚約者とメイドだ。

「よくやったシンティア、リリス、離れてろ」

二人は無言で距離を取った。タッカーは舌打ちをしたあと、回復魔法を詠唱しながら自らの怪我を癒やしはじめた。追い込まれているというのに、冷静沈着なところはさすがだな。

「よお、閃光」

「……お前たちは一体なんだ？　俺の首を取って金が欲しいのか？」

「ま、そんなことだな。タッカー、俺と戦え。勝てば逃がしてやる」

「はっ、何を言うかと思えばそんな当たり前のことを。俺が何をしたのかわかってるのか？　子供でも容赦はしないぞ」

「ああ、わかってる。たとえ誰であろうと邪魔なら殺すだろう。お前にはやるべきことがあるからな」

タッカーの頬がピクリと動く。

お前のことは知っている。何をしたのか、これから何をしたいのかもな。

「……つまらんハッタリを――」

「タッカー、お前はグルシュッに行きたいんだろう」

「……何の話だ？」

「とぼけなくていい。ひとつ、お前にいいことを教えてやる。――妹は生きてるぞ」

「な……んだと？　それはどういうことだ⁉」

俺の言葉を聞いて、タッカーは声を荒らげた。

ああやっぱり、お前はいい奴だなァ。

「俺に勝ったら教えてやる。海を渡るための船もやろう。お前にとってこれ以上の話はないはずだ。そのためにあの夜、あの場所にいたんだろう？　取引相手を探すためにな」

「……お前が何を知っているのかわからないが、それが本当なら願《ねが》ったり叶《かな》ったりだ。そういうことなら腕の一本や二本、覚悟してもらうぞ」

「手加減は必要ない。――俺を、殺してみろ」

俺の言葉に怒りを感じたのか、魔力を漲らせた。

最高だ。この張り詰めた空気と漂う死の予感。

これでこそ実戦、これでこそ意味がある。

俺はお前に優しくしない。

摑み取れ――自由が欲しければな。

「随分と自信満々だが、瞬《まばた》きはするなよ」

ミルク先生の教えと相反するが、あえて先手はくれてやる。

勝つためではなく、見極めるためにだ。

静寂な時間が流れたあと、閃光が動き出した。

ゆったりとしているが、その動きには一切の無駄がない。

こいつは天才だ。俺やアレンとも違う、生まれながらにして天性の能力を持っている。

さらに努力を重ねた芸術の結晶、魔力の流れが美しすぎる。

奴の攻撃は、俺の腕を狙っていた。

見える、わかる。だが回避行動を取ろうとすると、奴の目からはそれがスローモーションに見えるのだろう。

相手からすればこれほど怖い奴はいない。

ゆっくり仕掛けてくるのに回避ができない。

一度か二度、致命傷の攻撃を食らえば、もうタッカーの攻撃を避けることも、タッカーに攻撃を当てることもできない。

だが奴も完璧じゃない。魔力が切れれば能力は使えないし、スローモーションとはいえ絶対に回避できないわけじゃない。

タッカーの剣が俺の腕を切る瞬間、自分自身の身体を覆っている不可侵領域《バリア》の魔力を極

限界まで高めた。

便利な防御魔法だが、相手の攻撃を防いだ瞬間に魔力が大幅に消費される。

できれば発動してほしくない諸刃《もろは》の剣だが、今回はこの一撃を防ぐだけで俺の勝ちだ。

「――な⁉」

「はっ、残念だったな」

剣が魔法障壁《アンチマジック》によって弾かれると、ガラス塊を割り砕くような大音響とともに、微細な魔力が飛散した。

だがそれだけならタッカーも驚くことはない。

間髪を入れずに次の一手を打てばいいだけだ。

驚いたのは、そこじゃない。

防御が発動したあと、俺はタッカーを斬りつけた。殺す気はない、触れさせた程度だ。

しかし奴からすれば、とんでもない衝撃だっただろう。

「なんだこれは……魔力が……使えないだと⁉」

番の竜に負けたあと、どうすれば勝てたのだろうと必死で考えた。

あいつらの強みは魔力だ。

ならその根本を断ち切ってしまえばいい。

今はまだ短時間しか狂わせることはできないが、それでもかなり有効だな。

「どうした？　何を焦ってる？」

タッカーは何とか魔力を漲らせようとするがうまくいかないらしい。

「……クソ」

名付けるなら、魔力乱流《アンルート》。

相手の魔力を意図的に乱す魔法を、剣に付与する。

全属性に適正がある俺だからできる技だ。

とはいえ無敵というわけじゃない。相手の魔法防御が俺より優れていれば効かないだろう。

タッカーも俺がガキだと思って油断していたはずだ。さっきの一撃も、本当に腕を落とす気はなかった。

「……あっけないな。これで俺は終わりか」

このまま力をこめれば、タッカーは致命傷を負うだろう。

しかしこれは最初だ。新技の検証をしたにすぎない。

「まだまだこれからだ。魔力が戻ったらかかってこい」

タッカーは驚きつつも後方に跳躍して距離を取った。

こいつを倒しても破滅回避とはならない。

強い奴と戦って実践を積み、誰にも負けない力を手に入れる。

そのためには、誰であろうと利用させてもらう。

「……大したガキだな。俺を練習相手にするとは」

「御託はいい。俺に負け続けたら一生この森から抜け出せないぞ」

「――子供が。その慢心を後悔させてやる」

それからタッカーは何度も俺に攻撃を繰り出した。

前後左右、奴の攻撃は鋭く、魔力に頼らずとも剣術の才能もすさまじい。

俺は何度も身体を切られて血を流した。

数時間後、腕の骨が見えた状態でタッカーと戦っていた。

シンティアが助けに入ろうとしてきたが、強く制止した。リリスは静かに待っていてくれている。

……わがままな男で悪いな。

だが俺の指が切り飛ばされた瞬間、さすがに我慢ができなくなったらしい。

「ヴァイス様！」

「ヴァイス！」

……タッカーの動きも限界に近づいている。

これ以上はどちらかが死ぬ……か。

「もういい……殺せ」

「いや、もう終わりだ。随分と勉強になった。お前の閃光、間近で見られてよかったぜ」

魔法はイメージの世界だ。想像できないものは魔力があろうがなかろうが再現できない。

火や水と違って閃光は予想以上に複雑だったが、おかげで勉強させてもらった。

「ヴァイス様、手をお借りします」

俺の落ちていた指を拾い上げ、シンティアとリリスが二人で回復魔法を唱える。

いつのまにか腕を上げたらしい。非常に洗練された魔力だ。

といっても、首を切られたような痛みも感じるが。

「結局……お前は何がしたかったんだ」

「単純だ。強くなりたいのさ。タッカー、お前は俺の練習相手に相応しかった」

「ふっ……大した子供だな。そういえば名前を聞いてなかったな」

「――ヴァイス・ファンセントだ」

「……お前があの悪名高い貴族か」

「ああそうだ、光栄だな」

ったく、どこまで噂《うわさ》が広がってやがんだ？

まあいいか。

「で、俺を突き出すのか――」

「タッカー、お前を逃がしてやる」

「……は？　なんだと？」

「王族殺しのタッカー、いや、妹想《おも》いのタッカーか」

「……なんでお前はそれを……何を知って――」

「詳細は言えない。だが心配するな。さっき言った通り、お前の妹はグルジュッにいる」

「……どういうことだ？　なぜそんなことを知ってる⁉　まさか、王の――」

「側近のミリー、彼女がお前の妹を助けたと言えばわかるか？」

ミリーは、タッカーにとって最も信頼できる友人だ。だが彼女は、こいつが王族殺しをする前に行方をくらましていた。タッカーは彼女に裏切られたと思っていたが、事実はそうじゃない。

シンティアとリリスはわけがわからないって顔をしている。まあそうだろうな。

「妹が生きて……ああクソ、何が本当かわからない」

「ここで俺が嘘をつく意味はない。すべて真実だ」

タッカーは沈黙した。だがどれだけ考えてもわからないだろう。

俺を信じるしかないのだから。

そして、ふと笑みを零《こぼ》した。

「……ならどうすればいい」

「船を用意する。当面の金もやる。それで妹に会いにいけ」

「なぜ……そこまでしてくれるんだ？　俺とお前は今まで会ったこともないはずだ」

「ああ、そうだな」

確かに俺は、なんでこんなことしているんだろうな。

とはいえ、一時と言えど師に謝金を支払うのは当然だ。

そのとき――アレンがやってきた。

ったく、主人公ってのは聞き分けが悪いよな。

「ヴァイス！」

「……お前だけかと思ったら、おまけも一緒か」

ご丁寧にシャリー、デュークも付いてきてやがる。

「アレン、こいつの首は俺がもらう。だがここでは殺さない。こいつの国に引き渡すことに決めた」

「……君が法を守るのか」

「ま、金も欲しいからなァ。交渉して、たらふく奪い取ってやるつもりだ」

わざと視線を落とし、俺はタッカーに目配せをした。

念のため、リリスに護衛を頼むか。

「リリス、連れていけ。さっきの話は聞いてたな？」

「はい」

「タッカー、勝負は俺の勝ちだ。暴れないようについていけよ」

「……ああ。――わかった、ヴァイス」

タッカーはよろめきながら、リリスに連れられていく。最後に小声で俺に礼を言ってきたが、そんなのはどうでもいい。

怪我はリリスに多少治してもらえるはずだ。

アレンはタッカーの後ろ姿を神妙な面持ちで眺めていた。

こいつがどんな気持ちを抱いているのかはわからない。

「……よくわかんねえけど、一件落着ってことか！　さすがヴァイスだな！」

「そうみたいね。アレン、どうしたの？」

「……ヴァイス、君が何をしたいのかわからない」

デュークとシャリーは納得していたが、アレンは不満そうだった。こいつは妙なとこで鋭いな。何か感づいてやがる。

「当たり前だ。お前に俺の考えなんてわかってもらいたくもない」

お前は悪人に負けて悔しいのだろうが、今回ばかりは仕方ない。

物語の都合上、お前は勝てないようにできている。

「シンティア、行くぞ。リリスは後で来る」

「はい」

じゃあな主人公、お前がいくら納得いかなくても、これがハッピーエンドだ。

◇

屋敷に戻って数週間が経過した。

ミルク先生はまだ帰ってきていない。

日課の基礎訓練を繰り返していたある日、ゼビスが衝撃的なことを言い放った。

「……タッカーが死んだ？」

「はい」

あの戦いのあと、タッカーは無事、グルシュッツに到着した。

妹と無事に再会を果たしたとも聞いている。

なのに死んだ？　……クソが。

「誰に殺された？　追手か？」

「いいえ、事故です。子供が海で溺れていて、それを助けたときに」

バカな、海なんかで奴が死んだだと？　あのタッカーが？

「……クソが！」

俺は感情のままに机を叩いた。

閃光のタッカー、あいつが王族を殺したのは妹を守るためだ。

奴の国は農業が盛んで裕福だった。しかし雨が降らなくなり、突然干ばつ地となった。

他国への支援要請はことごとく断られてしまうも、とある国の王が支援を申し出た。

だがそいつは最低なクソ野郎で、外交に訪れていた際に、タッカーの妹に目を付けていた。そして支援の交換条件に、その身柄を求めたのだ。

王を含む国の上層部は、タッカーの妹を献上することに決定した。

だがそれを知ったタッカーは妹を守るために戦った。

その結果、自国の王を殺すこととなり、仕方なく追手の兵士も殺したのだ。

これが、タッカー編の真実である。

原作のタッカーは、争いに巻き込まれ妹が死んでしまったと思っていたが、それは間違いだ。

奴の側近のミリーが、間一髪のところで妹を故郷に帰らせた。

タッカーはその事を知らずに、追手を振り切る為に故郷に帰ろうとしていた。

原作では、その道中で、何も知らない主人公アレンがタッカーと出会う。

アレンからすれば、王族殺しの悪党、閃光のタッカーだ。

だが本当は、妹を守るために戦った男と主人公の悲しい対決でもある。

結果はアレンの敗北。だがこれは物語の進行上で当たり前だ。

主人公が断罪するような相手じゃない。

だがその対決により大怪我を負ったタッカーは、満足に戦えなくなり追手に殺される。

後日、アレンはタッカーの妹と偶然出会い、すべてを知る。

これは最悪な鬱エピソードだ。

正義を信じていたはずのアレンが、妹を守ろうと必死だったタッカーを間接的にとはいえ死に追いやった。

物語としても評価の賛否が極端に分かれ、俺も嫌いだった。

だが当然話はこれでは終わらない。

アレンはタッカーを死に追いやる原因を作った奴らを全員倒すことを決意し、一つの国を潰す。

言うなれば、盛大な八つ当たり《ざまあ》ってやつだ。

俺はもちろんそれを知っていた。

タッカーを無条件に助けることもできたが、そこまで優しくはない。

だからこそ奴と戦って練習相手になってもらった。その報酬として助けてやっただけだ。

間接的にアレンのことも助けているかもしれないが、それはどうでもいい。

しかしタッカーは死んだ。

偶然にしては出来すぎている。日付を確認してみたが、タッカーが本来死ぬはずだった日だった。

……なんだこれは？

これが世界の強制力なのか？

俺は死ぬはずだったシャリーを助けた。だがそれすらも遅延行為だというのか？

俺のやっていることは……すべて無意味だと？

……わからない。

だが今もなお、タッカーを間接的に死に追いやり、妹を危険な目に遭わせた本当の悪党は裁かれずに生きている。

俺は手を出すつもりはなかった。そこまでの義理はないし、ファンセント家にも迷惑がかかるかもしれない。

だが奴は死んだ。

その仇《かたき》は誰が取る？

俺が物語を下手に改変したせいで、アレンはこのことを知らない。

「ゼビス……タッカーの妹は生きてるんだな？」

「はい、それは間違いありません」

「そうか」

ゼビスだけには奴の真実を話していた。

なぜ知っているのかまでは伝えてないが、俺を信じて余計なことは聞いてこない。

……手を出すなら、最後までやれ、か。

「ゼビス、父上に連絡をとってくれ。それとお前にまた頼みたいことがある」

「何なりとお申し付けくださいませ」

俺はその日から動いた。

タッカーを追いつめた奴らは、どいつもこいつもカスばかりで何度殺しても殺し足りないようなゴミどもだ。

原作ですべてを知っていたおかげで追いつめるのは簡単だった。

賄賂と権力、手段を問わず証拠を集め、そいつらの悪事をすべて暴いた。

数週間後、タッカーの件に関わったクソどもは正当な裁きを受けて、全員首を吊《つ》られた。

これで少しはタッカーも浮かばれるだろうよ。

俺の……第二の師みたいなもんだしなァ。

「ゼビス、この金を全部タッカーの妹に渡してくれ。見舞金だ」

「……この大金をすべてですか？」

「ああ、どうせ賞金首《あぶく銭》だ。奴に借りがあってな。理由が必要か？」

「いえ、承知しました。仰せの通りに」

結局俺は何もできなかった。

タッカーは死に、妹は一人で生きていくだろう。

世界中で魔物が活発化しはじめた。

南で戦争が勃発した。

これもすべて、原作通りだ。

厄災もあるだろう。

だが俺は決して諦めない。

何度も、何度でも運命に抗ってやる。


自室で一人、鏡の中に映る自分の目を見つめた。魔力を漲らせると、少し闇が深くなる。

タッカーと戦ったのは、奴の能力を間近で視たかったからだ。

習得までに随分と時間はかかったが、ようやくものにした。

ゲームでは確かこう表示されていたな。

固有スキル――閃光《タイムラプス》。

発動すると世界が遅く視える。

魔力消費は大きいが、観察眼と併用することで、相手の魔法の術式をも見破ることが可能。

タッカー、お前の事は忘れない。俺が【閃光】を引き継いでやる。

第二章　諦めない心

夏休《エスターム》みが終わり、俺はノブレス魔法学園に戻ってきていた。
ミルク先生とは何度も手合わせした。
閃光《タイムラプス》を使用しながらの戦闘は、今までより過酷で、激しく、そして新鮮だった。
問題点はいくつも見つかった。まず、魔力の維持がとてつもなく大変だということ。
日課の訓練は欠かしていないが、それでも魔力消費が半端ない。
基本的には、戦闘の最中で小出しに使っていくことになるだろう。
相手の魔力を乱す魔力乱流《アンルート》は、相手が強ければ強いほど効果時間が短い。
ミルク先生に使用してみたが、数秒程度しか魔力封鎖ができなかった。
そして二度目は効かなかった。やはり魔法防御を強められると効かなくなる。
とはいえ一度でも魔法の詠唱を中断できるのはデカい。
剣魔杯はもうすぐだ。一日一日を無駄にできない。
だがいつもと違ってやる気に満《み》ち溢《あふ》れてはいなかった。

自分でも理由はわかっている。

もしかしたら、俺のやっていることは意味がないのかもしれないと、思いはじめていたからだ。

タッカーは死んだ。運命が既に決まっているのならば、何をしても結果は変わらないのかもしれない。

「やっぱりここにいたんだ。相変わらず剣を振るのが好きだねえ」

市街地Bの訓練所で剣を振っていたら、後ろから明るい声がした。

誰なのかはすぐにわかる。しかし、振り返るのに躊躇《ちゅうちょ》してしまう。

あえて真正面を向いたまま「何しに来た？」答える。すると、横から「ばあ」と顔を出してきた。危うく剣が当たりそうになり、驚きながら止める。それを見て、シャリーがいたずらっぽく笑う。

「あぶないなあ。ちゃんと周り見てなきゃダメだよ？」

「何の用だ」

「何だと思う？」

「…………」

「ねえねえ、何だと思う？」

相変わらず屈託のない笑顔で笑いやがる。

タッカーが死んでから、シャリーの顔を見るのを避けていた。

原作なら彼女の人生は既に終わりを告げていた。しかし、俺がそれをぶっ壊した。

だが、果たして本当にそうなのか。

ただの遅延行為なのかもしれない――。

「ありがとね、ヴァイス」

「……何がだ？」

するとシャリーが、突然そんなことを言いやがった。

まるで俺の心を見透かしているようなタイミングで。

「こうやって笑えるのは、あなたが助けてくれたおかげだからね。改めて、伝えておこうと思って」

「……あのときは練習がてら飛行魔法を付与しただけだ。お前を助けようとしたわけじゃない」

「まったく、君は素直じゃないなあ」

「黙ってろ」

「ふふふ、嫌でーす」

馴れ合いは避けているが、こいつにはまったく通用しない。それどころか、逆に楽しそうだ。……ったく。

「シャリー」

「ん？　なに――」

「死ぬなよ」

「……どういう意味？　もしかして、私に恨みが……？」

「そんなものはない。お前はドジだからな。二度と崖から落ちるなって意味だ」

「あはは、もう落ちないよ。だから、安心して？」

「そうしてくれ」

笑顔野郎を見ていると、頭が少しすっきりした。

考えても仕方ない……か。

ん？　こいつ結局何しに来た――。

「さてさて、行きましょうか！　みんな待ってるよ！」

「ん、みんな？　何の話だ？　お、おい！　背中を押すな!?」

すると突然、俺をどこかに連れていこうとしやがる。

わけがわからない。一体何があるんだと思って歩いていたら、校舎の裏、見知った奴《やつ》らがいた。

シンティア、リリスが、嬉《うれ》しそうに手を振っている。

それにカルタ、アレン、デューク、って――ミルク先生……!?

「ようやく来たか、遅いぞ」

「え、いやその……何してるんですか？」

「夏休みの締めといったら決まってるだろう」

視界の端では、筋肉が花火をせっせと用意していた。

え、この文化ってこの世界でもあるのか。

いや、それより――。

「夏休みはもう終わったはずでは……？」

「私が終わりとは言っていない」

謎の理論を展開されるも、返事は「はい」しか許されない。

といっても、ここで帰ることはできないだろう。

すると、シンティアが声をかけてきた。

「ヴァイス、突然にすみません。事前に伝えると、来てくれないと思ったので黙っていました。場所は知っていたので、シャリーさんに頼んで連れてきてもらったのです」

「ヴァイス様！　シンティアさんは朝から花火を探しにいってたのですよ！　ヴァイス様が落ち込んで――ふがが」

「リ、リリス⁉　ほ、ほら！　まだやることがありますわよ！」

そのとき、シンティアに口を塞がれたリリスが、どこかに連れていかれる。確かに朝から姿が見えなかった。それと、最後の言葉は何だ？

それにしてもさすが『ノブレス・オブリージュ』だな。花火なんてものがあるとは。

だが唯一足りないものがある。俺は瞬時に計算して、バケツに水を汲《く》みに向かった。

そこに、カルタがやってくる。

「ヴァイスくん、何してるの？」

「花火の前の必需品だ。火事になったら困るからな」

「火事？　どうして？」

「もし火が燃え広がったら間に合わなくなるだろ？」

「あ、ええと、ミルク先生は水魔法が使えるから大丈夫じゃないかな」

……そういえばそうか。とはいえ、魔力には限りがある。一応な。

カルタは、つい言ってしまったと言わんばかりに慌てはじめた。

一応周りを確認してから、頭に手を置く。

「……念には念をだ。でも、教えてくれてありがとな」

「えへへ、うん！」

来月は剣魔杯《クリア》だ。

原作では優勝することができなかった負けイベント。息抜きも必要だが、気合を入れなおさないとな。

まずはメンバーに選ばれなきゃいけない。

そして必ず、この目に勝利を焼き付けてやる。

「ヴァイスくん、剣魔杯がんばろうね！　私が選ばれるかどうかはわからないけど、そのときは一生懸命に頑張りたいの」

どうやらカルタも同じことを思っているらしい。身長よりも大きな杖《つえ》に寄りかかっていた彼女が、今では立派に見える。

思えば彼女も随分と変わった。同学年の中でもトップクラスの強さを誇っている。

未来は、変わっている。

その事実に、目を向けるべきだな。

花火は思っていたよりも綺麗《きれい》だった。

自分がヴァイス・ファンセントだったことなんて忘れてしまうほどに。

シンティアとリリス、カルタも楽しそうだ。サンバカトリオはいつものように騒いでいる。

そのとき、ミルク先生が不思議そうに花火を見つめていた。

こんなときは、さすがの先生でもセンチメンタルに——。

「ヴァイス、このロケット花火とやらを大量に背中に積んだら飛べると思うか？」

いや、そんなわけがなかった。やっぱり、いつもと同じだ。

「どうですかね。ササミで試してみましょうか」

「え、お、おい⁉　ちょ、ヴァイス、や、やめろってまじで⁉」

花火は儚《はかな》い。まるで人生のように一瞬で消えていく。ササミも消えていった。飛行魔法を付与してやると、高く舞い上がった。

これが、俺にならないように気を付けないとな。

シャリーがササミを追いかけているとき、アレンが声をかけてきた。

「タッカーの件、聞いたよ。僕は何も知らなかった。もしかしたら……あのまま、彼を傷つけてたかもしれない。ヴァイスは知ってたの？」

貴族の間では既に噂《うわさ》になっている。俺がタッカーに肩入れしたと。

おそらくシャリーから聞いたのだろう。

だが真相は闇の中だ。俺は閃光の代金を支払っただけのこと。それ以上でも、それ以下でもない。

「俺は奴とただ戦いたかっただけだ。後の事は何も知らない」

「そっか……ありがとうヴァイス。僕はもっと強くなるよ」

まったく、お前はいつも前を向きすぎだ。

たまには休め。主人公野郎。

「せいぜい頑張って俺の足元くらいにはなってくれ」

「……それは言いすぎじゃない？」

「成績を見れば一目瞭然だからな。お前が俺に一度でも勝ったことがあるか？」

「なんでそんなことを今言うの？」

「何か文句でもあるのか？」

「あるよ、前にもそうやって――いたあぁっ⁉」

「やめなさいアレン」

「ヴァイス、仲良くしてもらえますか？」

「はい」

シャリーはともかく、シンティアは怖い。

「ヴァイス様が元気を出してくれてよかったです！」

「元気？」

部屋に戻っている途中で、リリスがそんな事を口にした。「……あ」と慌てふためくも、シンティアが代わりに口を開く。

「黙っていてすみません。この花火は、ヴァイスを元気づけたいと思って私が言い出したのです。そこに、アレンさんたちが賛同してくれたのですよ」

「ヴァイス様がその……タッカーの件で落ち込んでいるように思えたので……私も……気

になっていて」

　すると、リリスが申し訳なさそうに頭を下げた。

　カルタに続いて何もかもお見通しってわけか。俺は隠しごとをするのが案外下手なのかもしれないな。

「気にするな。――ありがとな」

「ふふふ、ヴァイス愛していますわ」

「……俺もだ」

「ヴァイス様、私も大好きです！」

「ああ」

　確かに気合は入った。

　――ここからが本番だ。

　絶対、破滅を回避してやる。

「………」

　そのとき、廊下から両手いっぱいに本を持っている女子生徒が前を横切った。

　危うくぶつかりそうになるも、無言で去っていく。

　眼鏡をかけた長身の細身。

　こんな時間に本の返却か？　原作通りだな。

「あの方は確か、セシルさんですよね。もしかして花火、うるさかったのでしょうか」

「ミルク先生もいたんだ。問題ないだろう。それに、元々ああいう性格だ」

「仲良いのですか？　ヴァイス様」

「まだ話したことはない」

厄災を乗り越えるためには必要な駒がある。

それは知力に長《た》けた参謀、つまり軍師だ。


——セシル・アントワープ。

彼女は、『ノブレス・オブリージュ』で最も天才と呼ばれた女だ。

◇

厄災とは、数百年以上前に起こった歴史的大事件のことだ。

犠牲者は数十万人を超え、行方不明者に至っては数えきれない。

当然この所業を行ったのは、魔王率いる魔族ども。

ほとんどの創作物の魔王ってのは、魔王城でどっしりと構えて、何をしているのかわからないが、何となく怠惰を貪っているイメージがある。

だが『ノブレス・オブリージュ』では違う。

奴らは別次元の異世界で生きていて、この世界に突然やってくる。

なぜ人間を襲うのか、その理由は現時点でわかっていない。

だが俺は知っている。奴らは若くて才能がある人間を欲している。

その用途は様々だ。餌、奴隷、研究材料、遊具と多岐に渡る。

魔族によっては人間を食べる事で強くなる個体も存在するなど、趣味嗜好《しゅみしこう》はそれぞれで違う。

だが魔王だけは異質だ。奴は生まれながらにして最強で、何も欲していない。

ただ、愉《たの》しい。それだけの理由で俺たちを殺し、捕まえ、捕食する。

俺たちプレイヤーは魔王に対して戦いを挑む、それがメインストーリーだ。

元を辿《たど》れば、ノブレス魔法学園や他国の学園は厄災後に設立されたものである。

本来の目的は、同じ悲劇を起こさないように、才能ある人材を強くし育てることだったが、やがてその考えは風化し、学園ごとに思想が変わった。

俺が危険視しているのは、二回目の厄災。つまりこれから起こるであろう事件だ。

この厄災は『ノブレス・オブリージュ』のプロローグみたいなものだが、これは相当厄介で、いつ起きるのかがわからない。つまりランダムなのだ。

突然始まるクソイベント、他にも面倒なことを数えればキリがないが。

ゲームの進行度でいうと最初の関門みたいなもので、魔族を追い返すにはかなりのプレイヤースキル、そして運も必要だ。

原作でこの部分をクリアするのに、俺は一週間以上もかかった。ゲームオーバーを見た回数はもはや覚えちゃいない。

それにこれは平均よりも早いほうだ。

このイベントがクリアできず、ゲームをやめざるを得なかった奴は山ほどいる。

それを俺は一回でクリアしなきゃいけない。コンティニューなしのハードモード。

鬼畜ゲームが、さらに鬼畜になった超ハードモードと言うべきか。

だが俺は諦めない。

絶対に制覇してやる――。


「……王都でフルーツ店が流行《はや》ってるのか」

剣魔杯に向けて大勢が研鑽《けんさん》を積んでいる中、俺は学園内の図書室に来ていた。

何十万冊もある蔵書、生徒であれば誰でも入ることができる。

屋敷にあった本はすべて読《よ》み漁《あさ》ったが、魔族についての文献が少なかった。

さすがの俺でも何もかもは覚えちゃいない。知らない設定も山ほどある。

もし一つだけ願いが叶《かな》うなら『ノブレス・オブリージュ完全攻略本』を入手したいくらいだ。

いや……それならヴァイスじゃない別のキャラにしてもらったほうがいいか。

もし選べるならやっぱ天才しかねえよなァ。

てか――。

「……メロメロンクリームをふんだんに使ってるだと」

魔族について調べようとしていたが、まったく関係のない本が歴史の棚に交じっていた。

今行くべき王都の店の特集、それもフルーツ関連だ。

どれもゲームをプレイしていた時には載っていなかった情報ばかり。これも一種の改変なのだろうか。

……クソ、ページを捲《めく》る手が止まらねぇ。

「ファンセント家の長男は、意外と乙女なんだね」

「あ？」

突然話しかけられて顔を上げると、一人の女子生徒が立っていた。

つい先日、花火の終わりに見た顔だ。

クラスは同じだが、まともに会話するのはこれが初めてだな。

長い黒髪、黒縁眼鏡、スレンダーな手足、身長はそれほど高くないはずだが、スタイルがいい。何より顔が綺麗すぎる。

「……フルーツや甘いものは糖分だからな、俺はよく頭を使うから足りてないんだ」

「そうなの？　まあ、私も好きだけど」

「ま、お前ほど頭は使ってないけどな――セシル・アントワープ」

「あら、下級生首位のファンセントくんにそう言われるだなんて光栄ね」

「はっ、よく言うぜ」

こいつはタッグトーナメントでデュークの相棒だった女だ。

といっても、下級生の中だと魔力も戦闘技術も大したことはない。むしろ平均以下。

だがこいつは天才だ。

座学は常に一位を誇っている。設定でのＩＱは二百オーバーだったか？

原作では最終局面でアレンの参謀的な位置で暗躍するが、こいつに限っては無条件で仲間になるわけじゃない。

『ノブレス・オブリージュ』では、仲間となるキャラクターを自ら摑み取らないといけない分岐点が存在する。

あっちが立てばこっちが立たないといった場合もあるし、そのあたりは俺もすべては把握できていない。

で、セシルを仲間にするのは、難易度で言うとＳＳクラス。

エヴァ・エイブリーと戦って勝つのと同等くらいか？　下手すりゃそれ以上か？

「それで、何してるの？」

「調べものだ。図書館でそれ以外あるか？」

「まあそうかもね。くだらない質問だったわ」

「なら逆に聞くが、お前は何してるんだ？」

「暇つぶしかな。ほとんど読み終わったから、今は二周目って感じだけれど」

セシルじゃなければただのユーモアだが、こいつに限っては大真面目だろう。

記憶力も良かったはず。おそらくこの図書室のほぼすべての本の内容が頭に入っている。

もちろん、俺が知りたい過去の厄災や魔族についても。

「で、セシル、なんで俺に声かけてきた？」

「何となく。本を取ろうと思ったら、めずらしい人がいると思って」

「そうか」

俺が見ていた棚は歴史だ。

おそらくこいつが見たいのはこれだろう。

棚から本を手に取って、セシルに手渡した。

「ほらよ」

すると彼女は、少しだけ驚いた顔で受け取る。

「……なんでわかったの？」

「自分が有名人だってわかってないのか？」

　頭がいい奴ってのは、自分の時だけ鈍感になったりする。

　まあ、お約束か。

「そうだったんだ」

「はっ、冗談かもしれねえな」

「ファンセントくんのほうが有名じゃない？」

「まあ、悪いほうの意味でな」

　それがツボにはまったのか、セシルはなぜかクスクスと笑いだす。

　ファーストコンタクトにしては上々だ。

「なあ一戦やらねえか？　ちょうど暇してたんだ」

「……できるの？」

「こう見えて強いぜ。ま、お前ほどかどうかはわからねえが」

「ふうん？　いいわよ」

　無表情を装っていても、内心でセシルが喜んでいるのは知っている。

　ここは本だけじゃなく、生徒たちが遊べるような遊戯も置かれている。

　なぜだか知らないが、小さな子供が遊べるおままごとグッズから、大人向けの複雑なカードゲームやボードゲームまで。

俺たちは窓際の席に移動した。後ろ姿を見ていると、セシルの足取りが軽くなっているのがわかった。

ポーカーフェイスだが、心は躍っているらしい。

だが反対に俺はかなり緊張していた。

この状況は、俺にとって喉から手が出るほど欲しかったものだ。

セシルから声をかけてきたことは予想外だったが、これは最大のチャンスでもある。

俺はこいつに勝たなきゃならない。

二回目の厄災、つまり未来の事件だが、死ぬほど難易度が高い。

そしてセシルは、その場にいない。

理由は覚えちゃいないが、実家に帰っているか、何かの都合で離れていたか。ただ、たとえいたとしても、戦うことはないだろう。

彼女は冷徹とまでは言わないが、他人と積極的には関わらない。

俺は何とかセシルを仲間に引き入れ、厄災に備えようと考えていた。

俺のすべてを話してでも。セシルにはその価値がある。

ネットの掲示板で、『ノブレス・オブリージュ』の諸葛孔明や竹中半兵衛だと高く評価されているのを何度も見た。

終盤でもセシルがいるのといないのとでは、ゲームの難易度がまるっきり違う。

そんな彼女を序盤から仲間にできるかもしれないとなれば、声をかけない理由はない。

俺は今日のため、いや、この世界に来てからずっとゼビスと秘密の練習を重ねていた。

それもすべて、彼女に勝つために。

窓の日差しがぽかぽかしていて、随分と気持ちがいい。

だが俺の心は平穏とはほど遠いほど燃え盛っていた。

勝つ。そして、彼女に認められる。

それが天才、セシル・アントワープを仲間にする唯一の条件だ。

「それじゃあ並べるわね」

彼女は、机の上で正方形の箱を開け、慣れた手つきで駒を一体ずつ並べていく。

これは、『バトル・ユニバース』と呼ばれる大衆向けのゲームで、セシル・アントワープにとっては何よりも大好きなゲームだ。

駒には、騎士や魔法使いといった役割があり、攻撃範囲や守備範囲が設定されている。

駒の数は二十×二十、先攻と後攻に分かれて交互に動かしていく。

シンプルであるがゆえに奥深く、『ノブレス・オブリージュ』内のミニゲームであるにもかかわらず、後々専用のソフトが発売されて、すぐにミリオンセラーを達成した。

かくいう俺もハマりすぎてしまい、メインストーリーそっちのけで遊んでいたこともある。

子供から大人まで老若男女が楽しめる。それが『バトル・ユニバース』だ。

原作では、大勢のプレイヤーがセシルを仲間にするために挑んだ。しかし誰もが諦める。

中には千時間やっても勝てなかった奴もいる。

俺も原作では一度も勝てなかった。

なぜなら彼女は、世界で一番このゲームが強い。

だが俺は勝つつもりでここに座っている。

それに応当する準備を重ねてきた。

「置き駒は？」

「互先《たがいせん》でいい。その代わり、俺が勝ったら一つ言う事を聞いてくれ」

「……それ本当に言ってるの？」

「ああ、世界優勝者のセシルに言ってる」

「ふふふ、面白いわね。でも、私が勝ったら何のメリットがあるのかしら？」

「それはそっちで考えてくれ」

「ふうん、いい条件ね。だったら、そうさせてもらうわ」

……言質《げんち》を取れたのはいいことだ。

普通ならこんなことを言われて了承する奴はいない。

だがセシルは違う。圧倒的な自信とプライドを持っている。

後は勝つだけ、まあそれが一番の問題だが。

「私は後攻でいいわ」

「なら甘えさせてもらうか」

このゲームは先攻が有利だ。

こいつにとってはただのお遊び、だが俺にとっては命を懸けた戦い。

そしてセシル、お前を俺の仲間にしてやる。

「じゃあファンセントくん、よろしくお願いします」

「あ、はい。セシルさんよろしくお願いします」

もちろん、勝負の前の一礼を忘れるな。

これは、『バトル・ユニバース』の公式ルールだ。


「…………」

試合が始まって数十分が経過した。

盤面ではなくセシルにチラリと視線を向けると、彼女は微笑《ほほえ》んでいた。

ハッ、楽しくてたまらないのか。

セシルは八歳で世界戦に出場すると、大勢の大人を打ち負かして見事に優勝を飾った。

それからも勝ち続け、この界隈《かいわい》で知らない人はいない。

だが彼女は飽いている。大好きなゲームであるにもかかわらずライバルがいないからだ。

開発者ですら彼女には勝てない。

だが俺は勝つ。

そのためにここへ来た。

彼女を仲間にすることが、俺の目標だ――。

「――で、随分と悩んでいるようだけど」

「……負けました」

敗北の一礼。

いや――強すぎんだろおおおおおお。

なんで今の駒があそこに⁉　百手先を読んでいるのか？

勝ちました！　と言っている奴を掲示板で見たことはあるが、ほとんどが嘘《うそ》だった。

……だが勝てないわけじゃない、と、思う。

「も、もう一度お願いできますか」

「ふふふ、ファンセントくんは意外に丁寧なのね」

「礼儀は重んじる」

「そう、いいわよ。私も嫌いじゃないからね。――♪　――♪」

気づいてないだろうが、セシルは鼻歌を歌っている。

彼女は本当にこのゲームが好きなのだ。そして俺もそうだ。

勝てないのは仕方ないが、今この状況は存外に楽しい。

さて、次だ。


「負けました」

「ありがとうございました。——って、ファンセントくん、外⁉」

「ん？　え、えええ⁉　なんだ⁉　タイムリープか⁉」

気づけば俺は、いや俺たちは、没頭してしまっていたらしい。

昼からスタートしていたはずが、既に外が真っ暗だ。

周囲を見渡しても誰もいない。いや、よく見ると司書の女性が一人だけ残っていた。

彼女は、学園が雇っている資格を持つ外部の人だ。

そうか、世界的な天才プレイヤーのセシルと、悪名高い俺、ヴァイスが対戦していて声をかけられるわけがない。

……悪いことをしたな。

「帰るか。——ちょっと待っててくれ」

「ん、どうしたの？」

俺は司書の女性のところまで歩いて、頭を下げた。

いくら楽しかったとはいえ、迷惑をかけてはいけない。

最低限の礼儀だ。

だが彼女ににっこり笑って、

「大丈夫ですよ！　楽しそうでしたし、お二人とも」

と言われた。そんな楽しそうだったのか……と思ったが、謝罪はキチンとしておいた。

席に戻ってセシルに声をかけ、早々に図書館を出る。

彼女は、俺に驚いていた。

……なんだ？

「何かあったのか？」

「……噂と随分違うんだなって。思えば、私もなんで声をかけたんだろ」

「どういう意味だ」

「怖いイメージがあったのからね。あ、持ってた本が可愛《かわい》かったからか」

「……糖分──」

「はいはい、頭に良いもんね。でも、ユニバースの腕はまだまだかも」

「それはお前が強すぎるだけだ」

「そうかもしれないわ」

「謙遜しないんだな」

「しても意味がないし、どちらにせよ嫌味《いやみ》に取られるから」

「ま、そうかもな。――セシル、明日も空いてるか？　良かったら俺とまた勝負してほしい」

「……え？　別に構わないけど。またここで？」

冷静に考えると、図書室でセシルとゲームしていると、司書の女性に迷惑がかかるおそれがあるか。

「最近は陽気もいい。市街地Ｂの屋上ではどうだ。あそこなら誰にも迷惑はかからないだろう」

「そうね、いいわよ。じゃあまた明日、ファンセントくん」

「ああ、またなセシル」

帰り際、彼女の背中を何となく眺めていたら、静かな足取りでスキップを踏んでいた。

どれだけゲームが好きなんだ……。

まあでも、俺も久しぶりに楽しかった。

明日は必ず勝つ。

そして、セシルを仲間に引き入れる――。

◇

「負けました」

「はい、ありがとうございました」

市街地は普段訓練で使われているが、休日は空いている。

屋上は気持ちがいい。青空が綺麗で、空気が澄んでいる。

俺たちはまた真剣勝負をしていた。

いや、真剣なのは俺だけか……。

セシルは、鼻歌交じりで嬉しそうだもんなァ。

「――♪　――♪」

しかしこいつの頭はどうなってやがるんだ？

俺だってこの世界に来てから死ぬほど勉強していたんだぞ。

なんで、勝てねェんだ。

「次、お願いします」

「はい、でも、ちょっと休憩しよっか。さすがに朝から何も食べてないし、お腹空《なかす》いたわ」

「まあ、言われてみればそうか」

思えば特訓以外でこんなに没頭したのは初めてだ。

この世界はゲームだが現実だ。

ああ、俺は本当に、『ノブレス・オブリージュ』の中にいるんだな。

つうか、飯の用意なんてしていなかった。

と思っていたら、綺麗な白い腕が伸びてくる。

「ファンセントくん、どうぞ」

「……なんだこれは？」

「ゲームしながら食べるっていったらこれでしょ？」

差し出された手に彼女が持っていたのは、美味《おい》しそうなサンドイッチだった。

チラリと見える具、俺の好きなメロンメロンが入っている。クリームもたっぷり。

「……これ、どうしたんだ？」

「早起きして作ったの。この前、フルーツの本読んでたし、食堂でも何度か食べてるのを見たことあるから」

「天才か？」

「よく言われる。──なんて、私からのささやかなお礼」

「お礼？」

……どういうことだ？　何かしたか？

「ユニバースを一緒に遊んでくれてるお礼。大会《トーナメント》なんてそうあるわけじゃないし、いつも一人だからね。友達もいないし、遊んでくれる人もいなくて」

そういえば強すぎて誰からも相手にされないんだったな。天才すぎるとそれ自体が嫌味に思われて友達もいないのか。

「なら遠慮なく」

俺はありがたくサンドイッチを受け取った。

一口食べただけで、フルーツとクリームの甘味《あまみ》が口いっぱいに広がる。

もしかしたら俺が食べているのは、プログラムの記号かもしれねえが、そんなのはどうでもいい。

俺は生きている。セシルも、シンティアも、リリスも。

これから起こるであろう厄災は、誰が死んでもおかしくないほどの難易度だ。

ミルク先生ですらその可能性はあるだろう。

……もっと、本気にならねえとな。

「セシル、食べ終わったらもう一戦、いや勝つまで頼む」

「いいわよ。ここなら一日中やっても怒られないしね」

「ずっと俺が負ける前提じゃねえか……」

それからも俺たちは、『バトル・ユニバース』で戦った。

晩ご飯を食べることも忘れ、ただひたすらに。

翌日も、そのまた翌々日も。

だが俺は、セシルに勝てない。結局――勝てなかった。

もうすぐ剣魔杯だ。

これからは大きく時間が取れることもなくなるだろう。

つまり俺は、セシルを仲間に引き入れることはできなかった。

『ノブレス・オブリージュ』は、仲間が死んでも物語は続く仕様だ。

原作ではそれがおもしろいとされていたし、失った奴らのためにも頑張るという気持ちになった。

だがそんな未来はくそったれだ。

破滅回避のため、いや……できる限りは誰にも死んでほしくない。

俺は戦うことに自信はあるが、それは駒として。

プレイヤーであっても、参謀ではない。

厄災は大勢が入り乱れる。それをコントロールできるほど賢くはないし、大勢からの信頼もない。

だがセシルは違う。

こいつなら全員が言うことを聞くだろう。

俺は……自分でもわからないが、学園の奴らを守りたいと思っているのかもしれない。

なんだろうな。あまり口にしたくないのは、俺がヴァイスだからだろうか。

でも、それが本音だ。

「………」

最後の一局、終局は見えていた。だが俺は抗《あらが》おうとしていた。

これが未来になるかもしれないと、怯《おび》えているのかもしれない。

「これで詰み、ね」

「………」

最後の戦いが終わった時、俺は情けなくも声が出なかった。

努力が足りなかった。

もっと研鑽を積んでいれば……未来は変わったかもしれない。

ああクソ、俺はほんと馬鹿だ。

「零勝六百七十四敗一引き分けか、笑えないな」

「……そんなことないわ。何度かいい手もあったし、最後の試合が、今までで一番強かった」

「ああ、そうかもな」

セシルに直接頼むか？　助けてくださいって懇願するか？

はっ……信じてくれるわけがない。

二回目の厄災はまだ起こってもいない。以前あったのは数百年前の話だ。

それが近々起こるだなんて誰が信じる？

ああ、なんで俺はもっとうまくやれなかったのか。

「ありがとなセシル、楽しかった」

「こちらこそ、ファンセントくんの色々な面が知られて良かったわ」

だが仕方ない。

これは原作通りだ。

ズルをしようとしていたのが、そもそもの間違いだった。

何とか知恵を絞って、これからのことを考えよう。

セシルのおかげでゲームは強くなれた。それを生かせばいい。

「で、そろそろ教えてくれる？」

「……何をだ？」

「あなたが勝ちたかった理由。言ってたわよね？　私が勝った時の条件。それにする。いいお願いでしょ？」

「……信じないと思うが」

「いいから、言ってみて。ファンセントくんが嘘をつくとは思わない」

……驚いた。原作のセシルはこんなことを言うタイプじゃない。

人を信じていない。だからどれだけ頼んでもゲームに勝たなきゃ仲間にならない。

もし勝ったとしても、勝負事として仕方なくだ。

だが、セシルの表情は俺をしっかり見据えていた。

ならば、それに応えるべきだ。


「厄災――」


そして俺は、これから起こりうる二回目の厄災について話した。

といっても、全部を覚えているわけじゃない、言えることも言えないこともある。

魔王や魔族、そして、どれだけ危険なのか。

未来予知の魔法で見たとでも嘘をつこうと思ったが、それはしなかった。

俺を信用してくれたセシルに嘘をつきたくなかったからだ。

セシルは余計な口を挟まずに最後まで聞いてくれた。

普通に考えて信じるわけがない荒唐無稽な話だ。

仲の良い友人ですら、たとえ耳を傾けても、信用はできないだろう。さらに俺はヴァイス・ファンセントだ。

からかっている、そう思うのが普通だ――。


「……わかった。そんな大変なことが……。それは心配だわ。いつ起こるかわからないのは不安だけれど、私でよければ最善の方法を考えておく。といっても、そこまで期待しないでね」

それをセシルは、理由も聞かずに信じてくれた。

「……嘘だとは思わないのか？」

「だって、嘘じゃないんでしょ？」

セシルは真剣な顔つきだった。その顔に嘲笑は浮かんでいない。

「ああ……だが俺たちは今まで接点なんてなかった。俺がお前なら……信じない」

するとセシルは、手にもっていた袋から、一つの駒をゆっくりと持ち上げて、見せつけてきた。

「この駒、誰だかわかる？」

『バトル・ユニバース』の駒は、過去の偉人を元に作られている。彼女が手にしていたのは、英傑と呼ばれたグリスト騎士だ。恐ろしい強さをしていたと原作でも書かれていた。

「当然だ」

「私が彼に憧れてたなんて言ったら、どう思う？」

「……どういう意味だ？」

するとセシルは、駒を持つ手とは反対の手に魔力を漲《みなぎ》らせた。それは、あまりにも脆《ぜい》弱《じゃく》だった。

「笑えるでしょ？　どれだけ頑張っても、私はすごく弱い。それはわかってる。でもね、本当は強くなりたかったのよ。――ファンセントくん、あなたのようにね」

「……俺みたいに？」

「ふふふ、知らなかった？　私、あなたに憧れてたのよ。いつも圧倒的な一位にもかかわらず、ただ前を見続けるあなたにね」

予想外の言葉に上手《うま》く返せなかった。そのまま、セシルが続ける。

「私は魔力の限界容量が低いの。魔法を発動しようにも、うまくできないわ」

鍛錬に時間をかけた分だけ魔力は増えるが、もちろん例外もある。人間の身体には魔力タンクがあり、それを超えて魔力を増やすことはできない。そしてセシルは、その限界容量が著しく低い。

ただ、純粋な強さこそがすべてじゃない。俺が彼女を欲しているのも、戦闘力だけじゃ勝敗を決しないとわかっているからだ。

「確かにそうだが、人には得手不得手がある。事実、俺はセシルに座学で勝ったことはない。『バトル・ユニバース』もそうだ」

「……わかってる。でも、この世界の人たちはみんな強さに憧れるわ。私も例外じゃない。だから、ファンセントくん、あなたを図書室で見かけたときは嬉しかった。ああ、そっち側の人が、私の居場所にいるってね。だから、声をかけたのよ」

そういうことだったのか。しかし、それが引き受けてくれた理由にはならない。

「そりゃ光栄だな。だが失望しただろう？　俺は、お前に一度も勝てなかった」

「そんなことないわ。あなたが思ってるよりユニバースはおもしろいゲームなの。戦い方でその人の人となりがわかる。ファンセントくん、自分で思ってるよりあなたは強いわ。ハッとさせられる手はいくつもあったし、何度も驚かされた。だけど、駒の動かし方は犠牲を恐れてた。だからこそ大勢を守りたいって気持ちがヒシヒシと伝わったんだけどね。それが、信じる理由」

「はっ、でもこれはゲームだ」

「そうね、人にとってはただのゲーム、でも私にとってはすべてなの。ユニバースがあったから私は生きているといっても過言じゃないわ。でもそのせいで、誰も私と関わろうとしてくれなくなった。そんな時、あなたに誘われて本当に嬉しかった。だから力になる。今後も色々聞くと思うから、その都度教えてもらうと思うけど」

「……願ったりかなったりだ」

「ふふふ、じゃあよろしくね」

この世界の奴らは……なんでこんなにも優しいのだろうか。

俺は支えられて生きている。それを実感した。

だがおかげで、より良い未来を選択できる可能性が高くなったことは間違いない。

俺は破滅を回避したかった。だが今は、それよりも強欲なことを考えている。

不可能を可能にしたい。

なあ、ヴァイス。お前もそう思うだろ？　すべてを最高にしたいと思うだろ？


なあ、答えろよ。


「ありがとなセシル」

「構わないわ。それと、シンティアさんにちゃんと伝えておくのよ、私とゲームしてたこと」

「なぜだ？」

「二人きりでこんな遅くまでゲームしてたら心配するでしょ。正直、いつ現れるかとヒヤヒヤしてたわ」

確かにまた夜だ……というか、そうなのか？

いや、そうか、怒られるか。

……ちゃんと伝えておこう。

「それじゃあ、ファンセントくん、おやすみなさい。もし今回の件で喧嘩《けんか》して婚約破棄になったりなんかしたら、慰めてあげるから言ってちょうだい」

「おやすみなさい、楽しかった。それに私が引き分けたのは、ユニバースを始めて二回目のとき以来だわ。もっと誇って」

「……慰める？」

「はっ、そうするぜ」

最後はよくわからなかったが、結果としては最高の展開だ。

さらに俺を含め、学園の連中は原作以上に強くなっている。

俺はすべてに抗う。

魔王、お前は俺が殺る。

首を洗って待っとけよ。

第三章　黄金世代

セシルが手を貸してくれるようになってから、放課後、図書室で厄災について話すようになっていた。

『それで、魔族の能力《ギフト》は？』

『ああ――』

彼女は、俺がなぜ知っているのかという部分には触れず、真剣に聞いてくれる。

確かに俺たちは、『バトル・ユニバース』を通じて心を通わせたかもしれない。

だがそれでも荒唐無稽な話だ。

あまりにも気になってしまって、気づけば疑問を投げかけていた。

俺は秘密にしていることばかりだというのに。

『ファンセントくんはいつも真剣だからね。あなたが言うなら本当かなって。今は心からみんなを守れたらいいなって思ってるよ』

……嬉《うれ》しかった。ただ素直に。

原作を知っているからこそ、そこまで信用してくれたことが。

『……これは大きな借りだな』

『ふふふ、じゃあまたユニバースの相手をしてもらおうかしら。それはそうとして、私の言葉なんてみんな聞くのかな？　先生もいるかもしれないし、もっと強い人だっているのに』

『それは大丈夫だ。セシルのことは俺が信用してる。少なくとも、俺と関わりのある奴《やつ》らは信じてくれる、と、思う……。悪いな、肝心な所は頼りなくて』

『構わないわ。それよりシンティアさんは大丈夫なの？』

セシルは良い奴《やつ》だ。シンティアの事も気にしてくれているが、彼女には座学のことで相談していると話している。

厄災について話すかどうかまだ悩んでいる。シンティアは中心人物の一人だ。言えば彼女の行動が変わり、未来が大きく変わってしまうかもしれない。

それはそれで危険なことは間違いないだろう。

「――ヴァイス、聞いてるのか？　それでいいな？」

「え？　あ、はい」

と、そんなこと考えていたら、朝のＨＲ、ミルク先生に声をかけられていた。

何を言われたのかもわからないが、とりあえず返事をしておく。

担任のクロエは朝から慌ただしくしていて、代わりにミルク先生が来ていた。

「なら、満場一致だな」

よくわからないが、とにかく怒られずに済んだことにホッと胸を撫《な》で下《お》ろす。

「じゃあ行くぞ。──お前たち、気合を入れろ」

「「「はい!!!」」」

それにしても、ミルク先生が声をかけたときだけ、男子生徒たちの掛け声が凄《すさ》まじい。

一糸乱れぬ中に、デュークの姿があるのは笑えるが。

今日は剣魔杯の当日だ。ありがたいことに、俺は念願のメンバーに選ばれた。

全員、叩《たた》き潰《つぶ》してやる。

教室を出て、いつもは使わない裏門から外に出る。

そしてまっすぐ十分ほど歩くと、大きな闘技場、スタジアムのようなものが見えてくる。

コロッセウムをモチーフにしているだけあって、そのデカさに驚く。

近寄ると歓声が聞こえてきた。原作よりも多いみたいだが、これも改変か？

というか──。

「シンティア……近いぞ」

「ふふふ、見せつけですわ」

「そうですね、威嚇も大事です！」

シンティアが俺の腕を摑《つか》んでいる。たゆんと当たるのが気になるが、まあいい。

リリスも気合が入っている。

闘技場の入り口付近、そこには見慣れた連中が立っていた。

といっても、この世界で会うのは初めてだ。

どいつもこいつも偉そうな顔をしていて、人を見下している。

ったく、相変わらずだな。

その内の一人、デュークよりも随分と背が高く、ゴリラではない程度の体格の男が俺に視線を向けてきた。

こいつらは他校生、デュラン剣術高等学校の生徒だ。紺色と灰色が交ざったブレザーのような制服に赤ネクタイ。肩には騎士の剣の紋章が縫い付けられている。

なんだ？　このイベントは俺になるのか？

ったく、めんどくせえな。

「試合前からいいご身分だな。ノブレス下級生」

鼻につくような気障《きざ》な物言い、溢《あふ》れる魔力が、その自信を支えている。

金髪が俺に少し似ているか？　いや、認めたくねえな。

身長が高いこともあって、上から俺を見下ろしていた。

周りの連中も似たような感じだ。女もいるが、どいつもこいつも他人が自分より下だと思ってやがる。

まあ、実際ほとんどがそうなんだろうが。

「王者の余裕って奴だ。てめえらにはわかんねえか？」

「はっ、優秀だったのは君たちの先輩であるエヴァ・エイブリーだ。他人のマントで試合を取るとは、さすがコネで入った奴は違うな。怠惰の屑《くず》、ヴァイス・ファンセント」

ほお、俺の名を知ってやがるか。

これは本来、主人公であるアレンのイベントだ。

シンティアといちゃついているところが目につき、ミハエルに喧嘩《けんか》を売られる。だが今回は俺が目立っていたのだろう。

しかし、相変わらずムカつく顔してやがんなあ？　原作よりムカつき具合が上がってんじゃねえか？

「悪口で攻撃するのがデュラン剣術だとは驚いたな。ほんの少しだが俺の心に刺さったぜ？」

「ちょっと！　ミハエルを侮辱したら私が許さないわよ！」

このピーチクうるせえのは、こいつの彼女、ミリカ・エンブレス。

気が強いところは嫌いじゃない。

髪はショート、ワインレッド色は似合っているが、俺のタイプとは違うな。

「私のヴァイスに少しでも手を触れたら、その腕を氷漬けにしますわよ」

「シンティア、あなたよくもこんな男と婚約したわね」

「あなたにはわからないと思います。おそらく、一生」

ミリカとシンティアは、いわゆるライバルのような関係だ。

これは原作でも同じで、幼い頃にちょっとしたいざこざがあった。

ミハエルはミリカを制止し、また俺を上から見下ろす。

「今年の優勝《クリア》は俺たちデュランのものだ。今だけ優越感に浸ってろ」

最後に捨《す》て台詞《ぜりふ》を残し、奴らは去っていく。

リリスはじっと我慢していたらしく、ようやく口を開いた。

「ムカつきますね！　あれが名誉ある大会《トーナメント》でやることですか！」

「まあいい、奴らも気が立ってるんだろう。去年はエヴァ・エイブリーが出場していたんだ。デュランはノブレスと違って四年制。先輩たちの情けない姿を間近で見せられ歯がゆかったはずだ」

俺は、ふたたび闘技場に顔を向けた。

そこには大きな垂れ幕がかかっている。

『学園対抗・第十二回・ノブレス剣魔杯』

実際にこの前で見ると武者震いが止まらない。

今まで研鑽《けんさん》を重ねてきた生徒たちが優勝杯を目指す。

ノブレス魔法学園のような三年制だと下級生から出場だが、デュラン剣術高等学校や他校生は四年制が多いので、二年生からだ。

当然、一年間ミッチリと努力してきている分、戦闘力も傲慢さもレベルが上がっている。

俺に喧嘩を吹っかけてきたのは、ノブレスに次いで強いとされているデュランだ。

去年、エヴァ・エイブリーが圧倒的だったことは原作で描かれている。

誰一人彼女の身体に傷をつけられず、触れられず、そして圧倒的大差負けた。

見学をしていたミハエルも戦わずとも勝てないと悟ったのだろう。

憧れの先輩たちが、たった一人の女性になすすべもなく倒される。

心が苦しくて、そして悔しかったはずだ。

だからこそ燃えている。

俺たちに対しては八つ当たりだとは思うが、気持ちはわからなくもない。

ちなみに明日は中級生、明後日は上級生と三日続けての大会だ。

外野席には生徒の保護者たちが、有料観覧席には権力者たちが座っている。

父上は仕事で来られないと言っていた。少し悲しいが仕方ない。

この大会自体は、はっきり言えば破滅回避に影響はないだろう。

だが絶対に勝つ。

そのためにここにいる。

それに――俺を馬鹿にしているような奴らを合法的に叩き潰すことができる。

こんなの我慢できるわけないよなァ。

「行きましょうか、ヴァイス」

「ああ」

一階の生徒専用通路から入場していく。

この先からは区画が分けられており、学園ごとに集まる。

ノブレス魔法学園の区画は闘技場が見えるど真ん中のいい場所だった。

暗闇から光が見えて、突然に現れる闘技場。

視線を少し上げると、凄まじい光景が目に飛び込んできた。

正直、心が震えた。

実際に見るとこんなにも……凄《すご》いのか。

観客席は埋め尽くされ、歓声が飛び交っている。

熱気が凄まじく、身体が痺《しび》れるようだ。

「デュラン、勝てよー！」

「フュリーが一番だ！」

「ノブレスー！」

この場所に立つまで、自分がノブレス魔法学園の代表と意識してはいなかった。

ヴァイス・ファンセントとして、自分自身の実力を確かめるためだった。

だがこの光景を見た瞬間、ノブレスの代表と気づかされた。

思えばミルク先生も臨時とはいえ教員だ。

師匠の顔に泥を塗るわけにはいかない。

ダリウスにもクロエにも、その他の教師にも世話になっている。

なにより――。


「ヴァイス様ー！　ファイトですー！」

「ファンセントくん、頑張って」

「ヴァイスくん、絶対勝ってねー！」

上を見上げると、リリス、セシル、カルタが下級生の席から応援してくれていた。

はっ、まだ試合前なのに元気すぎるだろ。

剣魔杯は、他校生と五人一チームで戦う。

リリスやカルタがチームにいないのは惜しいが、文句を言っても仕方ない。

本来の俺はここにいないはずだ。枠を奪っていると考えれば、絶対に負けられないな。

「ヴァイス、試合はすぐに始まる。大将として全員に一言を言え」

「……はい？」

すると突然、ミルク先生が俺に向かって言った。
全員に一言？　何の話だ？
……そういえば、さっきの出来事を思い出す。
『ヴァイス、聞いてるのか？　それでいいな？　なら満場一致だ』
……え、そういうこと？
つうか、満場一致って……はっ、馬鹿な奴らだ。
ま、いいか。
「何か問題か？」
「いや……問題ありません」
悔しいが、今の心はこいつらと一緒だろう。
去年はエヴァ・エイブリーが伝説を残した。
俺には、竜討伐でエヴァに助けられた恩がある。
ノブレスの生徒として、その名誉を傷つけるわけにもいかない。
ゆっくりと振り返り、一人一人の顔を見た。
どいつもこいつも相手が可哀想《かわいそう》になるくらいの面子だ。
このイベントの難易度は言わずもがな、相当高い。
優勝しなくてもストーリーは続くが、誰もが一位を取りたいのは当然だ。

だが原作では誰も優勝できなかった。そもそも負けイベントなんじゃないか、という声もあった。

しかしたった一人、それを制覇した奴がいると話題になった。

そいつはＳＳ《スクリーンショット》をネットに上げ、それを見た奴らは本当に勝てるんだと喜び何度も挑んだが、それに続く奴は現れなかった。

それもあって、勝つためにチートを使った、そもそも捏造《ねつぞう》された写真なんじゃないかと話題になった。

真相は結局わからなかった。俺も気になっていたが、情報は一切なし。

だが俺にはチャンスがある。

勝てば真実がわかるからだ。この大会が負けイベントなのかどうかが。

最後の優勝賞品、それがSSに写っていた。

それと一致すればおのずと答えがわかる。

だったら、俺が見てやろうじゃないか。

そして俺は、ゆっくりチームメンバーに顔を向けた。

「シンティア、お前の氷魔法《アイスマジック》は誰にも負けないはずだ、信じてるぞ」

「うふふ、当然ですわ」

「デューク、冷静さを失わなければお前が負けるわけがない、落ち着いてやれ」

「はっ、任せとけ」

「シャリー、お前がリリスと訓練していたのは知ってる。その成果を見せろ」

「もちろんだわ。絶対に負けない」

そして——。

「アレン、お前に言うことは一つだ。俺は負けない、だからお前も絶対に負けるなよ」

「——任せてくれ。ヴァイス」

五人一組といっても同時に戦うわけじゃない、タッグ戦もあるかもしれないが、基本は一対一だ。

認めたくないが、この面子なら負けるはずがない。


いや、俺——ヴァイス・ファンセントが、圧倒的な力で全員倒してやる。


魔法鳥による試合についての説明が流れた後、各学園長のありがたい言葉が始まった。

俺はそれを聞きながらあることを思い出していた。

開発陣が、この大会に込めたコンセプトみたいな言葉だ。

——『黄金世代』。

創作物が好きな奴なら、この言葉に聞き覚えはあるだろうし、興奮もするだろう。

ある世代にだけ、突出した才能を持つ人材が集中することだ。

去年はエヴァ・エイブリーが最強だっただけで、特にそんなことは言われていない。

今年のこのイベントが何より面白いのは、他校生の奴らも全員、示し合わせたように、『黄金世代』なのだ。

先ほど俺に喧嘩を売ってきたのは、ミハエル率いる、デュラン剣術高等学校で、この世界ではノブレス魔法学園に次いで優秀だとされている奴らだ。

しかし原作ではあいつらが何度も優勝する姿を見てきた。

偉そうにしていたのも、それを裏付ける才能をチーム全員が持ってやがるからだ。

特にミハエルの奴は、作中でも最強格の一人で、凄まじい剣技と魔法を巧みに使う。

あいつにバカにされたのはこの世界では初めてだが、ゲームでは何度も見てきた。

腸《はらわた》が煮え返っているのはあいつじゃなく俺のほうだ。

といっても、他校も侮れない。

様々な分岐点があるノブレスでは、デュランが優勝しない物語の筋もある。

オスカー魔法学園、ウィリアム魔術学校、メイソン王立魔法高等学校など。

どいつもこいつも曲者《くせもの》で、今回はすべてのチームが黄金世代と呼ばれている。

さらに視線を上げれば、各国の人材担当の奴らが俺たちを見ていた。

彼らは強さよりも観察眼に優れており、将来有望な生徒を見極めにきている。

学園を卒業したからといって、領内に留《とど》まるかどうかは当人の自由だ。

エヴァ・エイブリーのような突出した存在はどの国も欲しがる。

だからこそ盛り上がる。賭けシステムが合法化されていることもあって、どいつもこいつも剣魔杯を心待ちにしていた。

といっても、俺ほどじゃねえだろうが。

他学園のチームに視線を向けると、すでに話し合いが行われていた。

先ほど俺に喧嘩を吹っかけてきたミハエルが俺に気づき、首を切るようなしぐさをしやがった。

今思い出したが、俺――ヴァイスはあいつに幼いころ会った気がする。

何をしたかまで覚えちゃいないが、確か恥をかかしたはずだ。

性格までひねくれたのは俺のせいじゃないと思うが。

はっ、せいぜい今を楽しんでろ。

「そういえば、ミルク先生は？」

周囲に視線を向けたが、いつのまにかいなかった。

どのチームにも先生が付き添いでいるはずだが……。

「『私はのんびり観戦する。楽しめよ、ヴァイス』と言って消えてしまいましたわ」

「……はっ」

まあ、ミルク先生らしいといえばそうか。

どうせ戦うのは俺たちだ、先生に甘えるわけにはいかない。

そのとき、闘技場にビキニスタイルの服を着た女性が現れた。

彼女は大会を盛り上げるための審判だ。

確か雇われだったはずだが、そのあたりは覚えちゃいない。

音魔法が付与されている小さな棒を持っていた。

ついに一回戦が始まる。

さっそく俺たちの出番だ。

『まずはノブレス魔法学園、由緒正しき貴族の憧れでもあります。去年のエヴァ・エイブリーは記憶に新しいでしょう。果たして今年の下級生はどうなのか⁉　対するウィリアム魔術学校は、独自の術式で戦うことで有名です！　更に今年は学園長曰《いわ》く『最強世代』とのことです！　今大会も初戦は大将対決になります！　ノブレス魔法学園からはヴァイス・ファンセント。ウィリアム魔術学校からは、ライリー・アルロ！』

ライリーのことはよく知っている。

属性魔法と魔術を組み合わせた稀有《けう》な魔法を使う。サラサラの黒髪、手を振る爽やかな笑顔は、どことなくアレンに似ていた。

登場しただけで歓声が凄まじい。確かどこかの魔術大会に出場し、最年少で優勝したはずだ。

決して破れない障壁が得意技だったはず。

「ライリー！　今日も見せてくれぇ！」

「アルロ様ぁ！　格好《かっこ》いいですわぁ！」

「やっちまえ、ライリー！」

黄色い声援、女子生徒からも随分と好かれているらしい。

全力を出してもいいが、これは催しも兼ねている。

せっかく来てくれた観客たちを楽しませてもいいかもしれないな。

「じゃあ、行ってく――」

「ヴァイス、みんなを黙らせましょう」

俺が出ようとしたら、シンティアが声をかけてきた。

その顔はとても美しく、俺好みに染められている。

ああ、いいねえ。

やっぱり、初手から本気でいくか。

「ヴァイス、楽しみにしてるよ」

「すぐ終わる。準備運動をしてろ」

アレンの応援も、悔しいが少し心地良い。

俺が闘技場に足を踏み入れた瞬間、声援がピタリと止《や》んだ。

名前と風貌が一致したんだろう。

俺の姿を見るやいなや、軽蔑的な声を出す奴もいた。

「ヴァイスじゃない……？」

「あれが悪名高いヴァイスか」

まあいい、どうせ初めから声援なんて期待して——。

「ヴァイス様ー！　やっちゃってくださいー！」

「ヴァイスくん、頑張ってー！」

と思っていたら、バカでかいリリスの声と一生懸命に声を出すカルタ。

なんだあいつら、いつのまに俺の名前が書かれた団扇《うちわ》なんて作ったんだ？

「ヴァイス、見せてやれー！」

「あいつらお前のこと知らねえぞー！」

「勝てるわけないだろー！　うちのヴァイスにー！」

と思っていたら、ほとんど絡みのない同学年の連中も、俺に声援を送ってきた。

中には訓練で手加減なしに倒した奴もいる。

……はっ、あいつらめ。

試合はシンプルだ。

だだっ広い闘技場の上、何でもありで戦う。

武器の使用は当然認められているが、両者、いつもの訓練用服に身を包んでいる。

授業と同じく、地面には特殊な魔術が施されており、ダメージを相手に与えると、魔力が漏出する。

だが緊張感を持たせるためか、いつもより数値を少し下げられているらしい。

骨の一本や二本は覚悟しろってことだ。

ライリーは爽やかな笑顔をやめて真剣な表情になると、俺に向かって魔法の杖《つえ》を構えた。

「君の噂《うわさ》は知ってるよ。残念だけど、時間はかけない。僕たち『最強世代』は、将来に名を残す冒険者として活躍する予定なんだ。通過点として処理させてもらうよ」

「そうか、光栄だな」

原作で俺は何度もこいつに負けた。

勝ったこともあるが、何度も挑んでようやく、だ。

ああ、腕が鳴るぜ。

『それでは、試合っ、開始いいいいい！』

――時間が止まったかのように思えた。

歓声も鳴り響いているが、俺の耳には届かない。

ただ目の前のライリー・アルロだけがゆっくり視《み》えている。

観察眼からの閃光《タイムラプス》、更にデュークを見て覚えた身体強化《パワーアップ》で、魔力が効率よく四肢に行き渡っている。

俺は真《ま》っ直《す》ぐに駆けた。

ライリーは障壁の呪文を詠唱し、三百六十度自分を覆って、障壁の外に魔法を出現させた。

火と水、ミルク先生と同じく二属性の使い手だ。

手の平からではなく空気中に魔法を出現させるのは、高度なテクニックだ。

およそ俺たちの年齢で習得できる技ではないが、こいつにとっては当たり前。

火と水の二つが無から出現すると、意思があるかのように俺に放たれた。まるでヘビのように蛇行しながら向かってくる。

「――はっ、馬鹿正直だね」

ライリーは笑みを浮かべた。腕の差を感じ取ったのか、勝利を確信したのだろう。

声は聞こえないが、口元で何を言っているのかがわかった。

だが俺には視えていた。

奴の魔法が、術式が。

まるでプログラムのようだ。

魔法のほころびが見える。繋《つな》ぎ目《め》がわかる。

どこに剣を沿わせれば切れるのかわかる。

そっと、それをなぞればいい——。

『な、何と、ヴァイス・ファンセントが、魔法を切った⁉』

俺は火と水の魔法をすべて破壊しながら距離を詰めた。

目の前にはライリー。驚いているみたいだが、障壁に安心しているのだろう。

——バカが、その程度の防御魔法で何とかなると思っているのか？

「俺の勝ちだ」

「……は？」

振り下ろした一撃でバリアの術式を完全に破壊すると、無防備なライリーが姿を現した。

別の魔術を詠唱する暇も与えず、何度も切り刻む。

右腕、左腕、右足、左足、みぞおち、急所、そして——心臓だ。

これが『最強世代』とは、随分とぬるま湯に浸《つ》かっていたらしい。

そしてライリーは、おそらく二週間は動けないであろう怪我《けが》で倒れこんだ。

本来なら死んでいるはずだ。まあ、このくらいはいいよなァ。

『しょ、勝者、ヴァイス・ファンセントォオオオォオ！』

審判が叫ぶも、観客の声はピタリと止んでいた。だが、一気に騒ぎはじめる。

「すげえええ、何したんだ⁉」

「わかんねえ！　魔法切ったよな⁉　そんなことできるのか⁉」

「嘘《うそ》だろ、ライリーが一撃⁉　いや、何度も切ったのか⁉」

「ありえねえ、なんだよ。あいつ誰だ⁉　ヴァイス⁉」

ゆっくり自陣に戻ると、シンティアが讃《たた》えてくれた。

さすがです、と。

そして――。

「ヴァイス」

アレンが、俺に手を向けてきた。

……はっ、主人公野郎が。だがまあ一度だけ許してやるよ。

「お前も続けよ」

手を強く叩き、勝利を噛《か》み締《し》めた。

「当たり前だよ」

ああ、俺の努力は無駄じゃなかった。

自然と、頬《ほお》が緩む――。

「ヴァイス、ほらほら！　今の俺の身体強化《パワーアップ》だろ⁉　いつのまにぃ！　まったくこのこのお！」

しかその直後、デュークが俺を見ながら尻尾を振って手を出していた。

……うーん。

「カルシウムは次の試合に備えてパンプアップしてろ」

「そ、そんなあ……って、ぱんぷあっぷって何だ？　なんか膨らみそうだな？」

はっ、相変わらず面白い奴だな。

「――冗談だ。お前も頑張れよ、デューク」

肩をぽんと叩いて、椅子に座る。

前を向くと、いつもの面子が俺を見ていた。

そして俺は、声を掛ける。

「この場にいる全員に見せつけてやろう。――本当の『黄金世代』をな」


ああクソ、戦うのはやっぱり楽しいなァ、ヴァイス。


次の試合は、すぐに始まった。

俺はそれなりの努力を重ねてきた。

主人公アレンに負けないように、そして大勢を真正面から叩き潰し、破滅を回避するためだ。

当然俺の根底には、死にたくないという強い意志がある。

誰だって俺と同じ状況になれば運命に抗《あらが》うだろうし、血と汗を流すだろう。

だがこいつはどうしてここまで強くなれた？

俺と同等？　いや、それ以上の可能性すらあるというのか？

……わからない。

ただ一つ間違いないのは、今この状況が、頗《すこぶ》る愉《たの》しいということだ。

『避ける、避ける、避ける！　避ける！　アレン、一体、目がいくつあるんだあ⁉』

ウィリアムの副将、チャーリー・ゲイルは星の降る夜《スターダスト》という稀有な魔法が使える。

空に放った魔法が飛び散ると、雨のように降り注ぐ。

そしてその一つ一つの威力は頗《すこぶ》る高い。

しかしアレンは、そのすべてを回避していた。ただの一つも身体に触れさせることなく距離を詰め、俺と変わらない速度で剣を振り、敵を気絶させた。

『しょ、勝者、ノブレス魔法学園、アレン！　何ということでしょう⁉　今年のノブレス下級生は、一体どうなってるんだあ⁉』

当然、観客も慌てていた。前評判の良かったウィリアム魔術学校が、こうも簡単にやられているからだ。

「どうなってんだよノブレスの奴らは」

「下級生だよな？　上級生交じってないよな⁉」

「誰だよ。さすがに今年は弱いだろって言った奴……」

今のところは余裕だが、油断はできない。

俺たちと同じく強くなっている連中もいるかもしれないからな。

アレンは額の汗を拭いながら戻ってくると、シャリーとデュークと手を叩いた。

「頼んだよ、デューク」

「おう！　っしゃあ、行ってくるぜええ！」

続くデュークの相手は、奇《く》しくも同じ身体強化系だった。

原作でも攻守のバランスが取れていて、勝利するには長時間の戦闘が必要だ。

俺の攻撃でも、なかなか大変な――。

『勝者！　デューク・ビリリアン！』

……あ？

「なんか相手弱くねえか？」

「……だよね？　実は僕もそう思った」

デュークは拍子抜けした様子で戻ってきて、アレンも頬を掻《か》いていた。

続く、シャリーの相手は素早い動きを持つ相手で、かなりやりづら――。

『勝者！　シャリー・エリアス！』

「確かに、大したことないかも……」

…………。

まあいい。

次はシンティアだ。それに彼女の相手が一番強い。

「ではヴァイス、行って参ります」

「心配はしてない。叩き潰してこい」

「仰せのままに」

相手は生粋の風の魔法使いだ。

シンティアとの相性は良くない。

だが、そんなことはものともせず、彼女は圧倒的な魔力で風を吹き飛ばし、その強さを見せつけた。

『勝者！　シンティア・ビオレッタ！』

優雅に歩く様は、まるで氷の女王だ。

はっ、俺に相応《ふさわ》しいな。

「シンティアさん、よくや――」

「触るなアレン」

アレンがシンティアと手を叩こうとしたので、俺は必死に止めた。

……てめえだけはダメだ。

そして次の試合まで待機となった。

本来なら次の対戦相手を見る必要はあるが、それよりも気になることがある。

「シンティア、少し付き合ってくれ」

「もちろんですわ」

俺がその場を後にしようとすると、アレンが落ち込んでいた。

どうやら俺がシンティアと手を叩くのを止めたのがショックだったらしい。

「僕、なんか悪いことしたかな」

「あれはアレンが悪い。私もどうかと思うわ」

「え、そうなの⁉　な、なんで⁉」

「まっ、そういうのって難しいよな！」

ったく、あいつらは相変わらず仲良しだな。

「次の試合までには戻る。気になる敵がいたら教えてくれ」

その言葉を言い残して、その場から立ち去る。

会場はかなり広く、何とまあ驚いたことに出店みたいなものも許可されている。

ゲームだからといえばそれまでだが、たかが生徒たちの催しにここまでするのか？

通路は大勢の客でごった返していた。

俺を見ても騒がない所を見ると、闘技場から離れているから顔まではわからないのか。

まあ大人からすれば子供の見た目なんてそこまで変わらないだろう。

「美味《おい》しいよー！　産地直送だよー！」

……産地直送だと？　ま、どうでもいいけどな——。

「お買い上げありっしたっー！」

「ヴァイス、何を買われたのですか？」

「メロメロン揚げだ」

フルーツを油でカラっと揚げるという発想は称賛に値する。

逸《はや》る気持ちを抑えながら口に運んで一口。クソ、サクサクで最高じゃねえか。

シンティアと半分に分けながら歩く。

だが俺はのんびり楽しみにきたわけじゃない。

目的は視察だ。

闘技場の下からは遠すぎて見えなかった。

何かをするわけじゃないが、実際この目で見ておくのが大事だと思った。

観客席に足を運ぶと、壮大な景色が広がっている。

「いい眺めだな」

試合は続いているが、大した連中じゃない。

今頃アレンたちも別の意味であっけにとられているだろう。

だがそんなものはどうでもいい。

俺の視線の先では権力者たちが話し合っている。

どいつもこいつも品定めしているのだ。

俺は観客席に変な奴が交じってないか確認していた。

『ノブレス・オブリージュ』には色々な奴がいる。

だが見たところ危険はなさそうだ。

それよりどいつもこいつも楽しそうだった。

王都国立公園やユースで海水浴しているときも思ったが、やはり俺はこの世界が好きになってきている。


――ヴァイス、楽しんでいるか？


っと、のんびりしすぎたな。

そろそろ戻らねえと、あいつらが不安でたまらないか。

「ヴァイス・ファンセントくん」

そのとき、声をかけられた。

全身に鳥肌が沸き立つ。甘美な声、だが、何度も聞いたことがある声。

振り返ると、立っていたのは、銀髪のストレートヘア、エヴァ・エイブリーだ。

「どうも先輩。中級生の試合は明日ですよ」

「あら、後輩の試合を見るのも楽しみの一つだわ」

彼女の存在に気付いた連中が、恐れおののいたり、歓喜の声を上げたりする。

去年のことを知っているのだろう。

美貌と恐怖が合わさると困惑するよなァ。

「なら最後まで見ててくださいよ。俺たちが優勝するので」

「ふふふ、自信家は好きよ。私もそうだからね。それじゃあ、シンティアちゃんもまたね。優勝杯、ノブレスに持ち帰ってね」

エヴァはにっこりと笑った後、銀髪をなびかせながら去っていく。

原作では自主退学しているので当然いないはずだが、これは好都合だ。

エヴァがいれば、何かあっても安心できる。

それに、いずれ超えなきゃいけない人が近くにいるほうが、気合も入るしな。

「ぷにゅ」

「え」

何を思ったのか、シンティアが俺の頰に指を押し込んだ。ちなみに擬音を口で言う癖がある。……可愛《かわい》い。

穴は開いてないが、ぷにゅと頬がへこんだ。

「浮気はダメですわ」

「……はい」

女心は難しい。

否定しても怒られるだろうと察した。

そのとき、アナウンスが流れる。

『では次戦、ノブレス魔法学園vsメイソン王立魔法高等学校です！』

「行くか、シンティア」

「はい！」

さあて、次もぶっ潰しにいくか。


デュラン剣術高等学校、ミハエル・トーマス。

こいつはプライドが高く傲慢だが、それを許されているのは強者だからだ。

基礎魔法はすべて使える上に、属性魔法は何と三つ。

恵まれた体格から繰り出される斬撃は、並大抵の防御じゃ防げない。

奴の通うデュラン剣術高等学校は、その名の通り剣術に重きを置いている。

入学試験でも、魔法よりも重視されるとの話だ。当然だが、授業の内容も偏っている。

創立当初は他国からバカにされていた。魔法全盛期の世界で、時代に逆行するような愚かな行為だと。

だがデュランは、実力でそいつらを黙らせていった。

敵と味方が入り乱れる戦争では、時として魔法は自軍に牙を向く。

目の前で立っているのが敵だけってのは、試合のときだけだ。

前後左右、敵と味方がいる戦場でどうやって魔法を放つ？

そんな中、デュラン上がりの兵士は常勝無敗で名を上げていった。

そしてミハエルたちこそが、本当の『黄金世代』でもある。

副将のルギ・ストラウス、続く、ミリカ・エンブレス。

ローガン、アイザックと、同レベルの戦闘力を誇っている。

原作でミハエルが優勝杯を掲げる姿を何度も見てきた。

未来に影響がなくとも関係ない。

俺は奴らの鼻っ柱を叩き折り、ノブレス魔法学園に優勝杯を持ち帰る。

これは原作ファンなら当然のことだ。

『勝者、ヴァイス・ファンセント！　これにて、メイソン王立魔法高等学校の敗北が決定し、ノブレス魔法学園が決勝に進出しました！』

「ボクが……負けた……？」

と、そんなことを考えていたら、『凶悪のマディス』とか言う奴を倒しちまった。

コイツ、なんかやったか？

「今年のノブレス魔法学園はマジでどうなってんだ⁉」

「もしかしてあのエヴァ・エイブリー超えてんじゃね？」

「マジでその可能性あるかもな――」

「あら、私の名前を呼んだかしら？」

「「ひ、ひぃ⁉」」

上を見上げると、エヴァが俺にウィンクしてきやがった。

はっ、先輩にダサいところは見せられねえな。

自陣に戻ると、全員が次の試合を前に気合を入れていた。

今までのミハエルたちの戦いを見て、明らかに別格だとわかったのだろう。

「ヴァイス、あなたはやはり最強ですわ」

「どうだろうな。だが雑魚をいくら倒しても意味はない。シンティア、相手はミリカだ。絶対に勝てよ」

「……え？　わ、わかりましたわ。でも、どうしてわかったのですか？　決勝の相手はランダムだというのに」

「……何となくだ」

シンティアは原作でも試合メンバーに入っている。

おそらくだが、対戦相手が変わることはないだろう。

ノブレス魔法学園の席では、学園長のギルス、ダリウス、クロエ、そしてミルク先生が俺を見ていた。

楽しんでいるのかどうかはわからないが、生徒に勝ってほしいと思うのは当然だ。

決勝戦まで少し休憩、作戦会議なんて小細工は必要ない。相手を叩き潰す、ただそれだけだ。

アレンたちも優勝したがっている目をしていた。

ムカつくが、同じ気持ちだ。

『準備が出来ました！　ノブレス剣魔杯、決勝戦、第一戦目は、シンティア・ビオレッタ。そして、ミリカ・エンブレス！』

審判が叫ぶと、歓声が一気に上がった。

最後の戦いだ。否《いや》が応《おう》でも盛り上がる。

試合は団体戦、つまり勝ち数が多いほうの勝利。

シンティアは驚いていた。俺の予想が当たっていたからだろう。

だが気合を入れなおし、いつものように真剣な表情を浮かべて、前を向く。

余計な言葉は交わさない。彼女はこう考えているだろう。

俺の婚約者として、恥ずべき戦いはしたくない。だからこそ、絶対に勝ちたい――と。

ああ、シンティア。

俺はお前を信じているぞ。


――叩き潰してやれ。

◆

幼い頃から、私は常に一番であり続けなさいと教えこまれました。

由緒正しきビオレッタ家に生まれたからには、常に品行方正でもいなさいと。

ただそれは苦ではありませんでした。

私自身も上を目指すことは好きでしたし、氷魔法のおかげで苦労したことはありませんでした。

舞踏会でヴァイスとお会いして、初めは以前のことを思い出し、思わず汚い言葉を使ってしまいましたが、何と彼がただの恥ずかしがり屋だということがわかりました。

食事会を通じて婚約者となり、より一層距離が近づきました。

驚いたことに、彼は類いまれな才能を持っていたにもかかわらず、私なんかよりもよっぽど努力していました。

頭にゴブリンをぶつけられたような衝撃、思わず言葉が出ませんでした。

ですが、リリスと共に特訓を重ねていくうちに、私自身も成長していきました。

ノブレス魔法学園に入学後、ヴァイスは私の予想を遙《はる》かに超えた勢いで成長し続け、下級生の首位をただの一度も明け渡していません。

そんな彼が私の婚約者というのは、とても誇らしいものでした。

ですが同時に、このままではいけないという思いも強くなりました。

彼の横でただ立っているような女性にはなりたくない。

同じ景色を、同じ目線で見ることが彼の一番の理解者であり、そして婚約者である私にふさわしいと思っています。

そんな私の気持ちに気づき、リリスは励ましてくれました。

そしてある人も――。

「精が出るな、シンティア」

「ミルク先生!?　どうしてこんな遅くに？」

「愛弟子《まなでし》のことを気にかけるのは当然だろう？」

「私が……でしょうか？」

「一度でも私が教えればそうだと思ってる。もちろん、ヴァイスにふさわしい婚約者になろうとしていることも気づいているぞ」

「そうだった……のですか」

ある日の訓練場、ミルク先生は私のすべてに気づいていました。

もちろん悪いことではありません。ですが、私は今まで持って生まれた才能に甘えていたことがよりわかったのです。

アレンさんには到底敵《かな》いませんし、私よりも強い人もいます。

私は努力するのが……遅かったのかもしれない――と。

「才能があれば人は驕《おご》る。それは仕方がない。だがこれからの未来は自分で決めることができる。ヴァイスだってそうだ。何も遅すぎるということはない。シンティア、私で良ければいくらでも付き合うよ。魔法は強力だが、一方で諸刃《もろは》の剣だ。魔力が切れてしまえば使えなくなるし、残り少なくなるだけでも効果は著しく弱まる。だが剣術は違う。自分の心が折れるまで、戦い抜くことができる。しかしシンティア、君はその限りじゃない」

「……それだけではない？」

「君は望めば両方を掴むことができる。私の秘密を教えよう、あのヴァイスを――驚かせてやれ――」

「シンティア、野蛮な連中と付き合って変わったみたいね。その腕、傷だらけじゃない」

ミリカとは幼い頃からの知り合いです。

一時期は仲良くもありましたが、最近は疎遠になっていました。

それに、今の私を凄く否定的に見ているみたいです。

「これは私が今生きている証《あかし》ですわ。綺麗《きれい》な腕よりも、随分とかっこいいでしょう？」

「ははっ、わかってないわね。剣術ってのは傷ついたらだめなのよ。所詮、氷魔法使いのあなたにはわからないでしょうけど」

私の前で剣を構えているミリカは、驚くべき速度で動きます。

幼い頃から類いまれな才能を持っていましたが、試合を見たところ、身体強化で何倍も力を増幅させているのでしょう。

デュラン剣術高等学校は、対魔法使いに特化していると聞きました。

私の天敵であることは間違いありません。

ですがそれは――以前の私ならです。

『それでは、試合開始の前に両者、距離を取ってくだ――な、何と⁉　シンティア・ビオレッタの手から、な、なんだこれはああああああ⁉』

魔法はイメージの世界。

私の氷魔法は、脳内で描かれたイメージによって構築されている。

生まれながらにして、私はそれが人一倍優れていました。だからこそ稀有な氷が使えます。

だけどミルク先生は、一段階上を目指せると言ってくれました。

まさに今このときのためかもしれません。

手の平から水があふれ出る。それは徐々に剣の形をかたどっていく。

最後にもう一つ魔力を加えれば、剣は絶対零度で覆われ、氷剣《グラキエース》となる。

一太刀浴びせるだけでも絶大な威力を誇る剣。

特筆すべきは、魔力の消費が極端に少ないということ。


――私は、ヴァイス・ファンセントの婚約者、シンティア・ビオレッタ。

ただ隣で立っているだけの――女性ではありません。

『試合、開始ッ!!!』

ミリカは、まだ驚きが隠せないようでした。

氷剣は、かすり傷を与えるだけでも、大ダメージを負わせることができます。

肌に当たれば、その傷跡はとても見られないものになるでしょう。

ただ今回は、特殊な術式が展開されている闘技場であるだけでなく、ミリカは、訓練用の戦闘服に着替えています。

そのため、私の氷剣の攻撃はすべて数値で計算されます。

おかげで手加減する必要がありません。

ヴァイス、見ていてください。

――私の姿を。

まずは、リリスから教えてもらった静かなる足音《サイレントステップ》で距離を詰めていく。

歩幅を変化させることで、相手からすれば突然に近づいたかのように見える技です。

今までの私は、離れた場所から魔法を放つのを得意としていました。

近距離戦は不得意でしたが、それでいいと自分に言い聞かせていたのです。

だけどこれからは違う。

「ハァァアアアッ――」

ミリカは、私を撃退しようと剣を構えた。

そして次の瞬間、魔力が込められた空気の刃を飛ばしてきました。

「驚いたわシンティア。でも、私だって色々使えるんだから！」

だけど私は回避することもなく、真っ直ぐに突き進む。

「な……なんでよ⁉　当たってるのにどうして⁉」

ミリカが驚いている通り、彼女の目には、私に攻撃が当たっているように見えているはずです。当たっていない理由は、私の身体から微力な氷の冷気が出ているからです。

あえて名づけるならば『氷分身《アイスシャドウ》』でしょうか。

ミリカには、本来の私の位置とはズレて見えているのです。

これは、私が新たに編み出した技。

それに驚いたことに、ミルク先生の言う通りでした。

『シンティア、攻撃は最大の防御と言われているが、その本質がわかるか？』

『手数を増やせば相手は防御に回るしかなくなる、ということでしょうか？』

『それも一理ある。だが魔法戦において最も大事なことは、振り分けの精度だ。普段私たちは、意識的に攻撃と防御に魔力を振り分けている。もちろん、相手によって変えるためにだ。君のその氷剣は攻撃力が凄まじい。すると、相手はどうする？』

『防御に魔力を振り分けざるを得ない、ということでしょうか？』

『その通りだ。その結果、攻撃力が下がってしまう。これが本質だよ』

実戦投入は初めてでした。

ミリカの試合をいくつか見ましたが、明らかに攻撃よりも防御に魔力を振り分けています。いや、ミルク先生の言う通り、そうせざるを得なかったのでしょう。

「――私は、絶対に負けられない」

ミリカは必死に防御しようとしましたが、『氷分身』を見破れていません。

剣を振ってきても、私には当たりませんでした。

返しざま、肩に一撃を与えると、その部分の数値が防御を超えたのか、凍りついていく。

ミリカは驚き、急いで離れて肩を押さえました。

このリードは——大きい。

『な、何とぉ!? ミリカの攻撃は当たらないが、シンティアの攻撃はいとも簡単に!? 一体今年のノブレス魔法学園、どうなってるんだあああ!?』

まだ油断はできません。

ここからが——本当の彼女です。

「……驚いた。正直、才能に驕《おご》ってあなたは変わらないと思ってた。でも嬉しい。シンティア、あなたがそこまでやるなら、私も——全力で相手をさせてもらう」

私もただボーッとこの剣魔杯に参加したわけではありません。

ミリカのことは調べ尽くしています。

彼女の属性は火。剣に魔法を付与し、さらに自分自身も炎を身にまとうことで攻防一体の技を繰り出してきます。けれども、準備には時間がかかる。

今はまさに攻撃を仕掛ける絶好のチャンスでしょう。

でも、それでは意味がない。

私の目的は目先の勝利だけではなく、強くなることです。

『こ、これがミリカの本気の姿なのか!? 炎をまとった剣、そして自らの身体から炎が溢れている!?』

「ここからが本当の勝負よ、シンティア」

次の瞬間、彼女は瞬間移動したかのように消えました。

爆発的に魔力を燃やすことで、身体能力を倍増させているのでしょう。

「これを出すとは思わなかった」

気づいたら後ろから声がしました。

私の首を狙って一撃を加えるつもりです。

恐ろしいほどの威力の一撃が放たれると、肌で感じました。一太刀食らってしまえば、私の魔力が漏出されて、気絶するかもしれません。

ですがそれは――当たればの話です。

私は高く飛び上がりました。

カルタさんのような飛行魔法は使えませんし、ヴァイスの不自然な壁《アンナチュラル》も習得できませんでした。

しかし、私には氷魔法がある。

今までは天からもらったこの才能を生かすだけの努力が足りなかった。

でもそれは昔の私。

氷の浮遊《アイスフロウト》。

氷の魔力を足から地面に放つことで身体が宙に浮き、一気に上に押し上げられます。

それはまるで加速装置。

私の氷分身と合わさると、彼女の目からは残像しか見えていないはず。

ミリカ、この勝負は――私の勝ちです。

「氷槍《アイスランス》！」

続けて、上から無数の氷を放つ。

ですが、驚いた事にミリカは私の攻撃に気づき、そして回避行動を取りました。

「な――っ、くっ――」

しかし、そこに余裕はありません。

見逃さない――。

「とどめです！」

重力に身を任せ、氷剣を振り下ろしました。

しかし寸前で回避されて、頭ではなく右肩に直撃。

悲鳴と共に右腕が使い物にならなくなったのでしょう。だらんと下に垂れました。

剣術をメインとする彼女です。利き腕が使えなくなって勝てるわけがありません。

――ヴァイス、見てくださいましたか？　私は、強くなりました。

「ミリカ、まだやりますか？」

「……当たり前よ。私は、最後まで諦めない」

それでも彼女は、片腕だけで剣を構えた。

ああ、凄い。

黄金世代は伊達《だて》じゃないのですね。

ですが私は優しくありません。

なぜなら、ヴァイス・ファンセントの婚約者ですから——。


『勝者、シンティア・ビオレッタ！　片腕だけになったミリカもあきらめることはなかったものの、やはり序盤のリードが大きかった！』

「すげえええええええええ、なんだよあの魔法剣⁉」

「とんでもねえ！　シンティアさん、すげえええ」

「シンティアさん、おめでとうございます！」

遠くのリリスに微笑《ほほえ》みかけると、喜んでくださいました。

……ありがとうございます。

闘技場から自陣に戻ると、ヴァイスが私を見てくれています。

——嬉しい。

「シンティア――」

「ヴァイス、私は婚約者ですが、あなたの隣で微笑んでるだけではありません。ですから私も皆さんと同じように見てください」

正直、ちょっと偉そうだったかもしれません。

ですがこれでいいのです。私たちは対等です。上下関係なんてないのですから。

ヴァイスは少し驚いた後、少しだけ微笑みました。

そして、手を出してくださいました。

私はそれを、少しだけ強く叩く。

「よくやった、シンティア」

「ふふふ、はい」

ああ――私はようやく、あなたの隣で相応しいと少しだけ言えるかもしれません。

心から愛しています――ヴァイス。

◆

シンティアが氷剣を構えたとき、俺が一番驚いていただろう。

そんなことは、ありえないからだ。

俺は『ノブレス・オブリージュ』のことを知っている。

原作を知っている。シンティアのことを知っている。

ゲームのプログラム上でも、魔法は強いが近距離は弱いとされていた。

シンティア・ビオレッタは、そう設定されているのだ。

これは改変どころの話ではない。彼女が、すべてを壊した。

……ああ、そうか。

シンティア、俺のために頑張ってくれたのか。

今でこそ彼女は、俺の隣にいることでお飾りとまでは言わないが、羨ましいと言われることがある。

それに抗うため……俺のために……。

ああクソ、なんて嬉しいんだ。

シンティア、お前は最高の女性だ。

「どうかしましたか？　ヴァイス」

「いや、何でもない。……ありがとな」

彼女には聞こえない小声で礼を言う。望んでないとわかっていても、伝えずにはいられなかったからだ。

だが気持ちを切り替えろ。試合に勝てなければ意味がない。

次の試合はデュークだった。気合を入れた筋肉が「おっしゃあ」と叫んで、闘技場まで歩いていく。

バカなところもあるが、こいつは原作において最強格の一人でもある。

攻守一体の身体強化、無尽蔵の体力、そして筋肉。

すべてにおいて無駄がない。

だがそれは終盤の話――と、思っていた。

「ハッ、あの野郎いつのまに」

デュークの相手は、二刀流の使い手で有名な男だった。

だが、その攻撃をことごとくかわし、臆することなくデュークは前に進んでいく。

試合は拮抗していたが、最後のデュークの一撃は惚《ほ》れ惚《ぼ》れするほどの右ストレートだった。

そしてそれが、見事に勝敗を決した。

『試合終了！　勝者、デューク・ビリリアン！』

こいつは俺と同じで負け嫌いだ。それを隠すこともなく、常に研鑽を積んでいる。

そういうところが、嫌いにはなれないんだよなァ。

「ヴァイス、やったぜ！」

とはいえ、俺へのサムズアップは無視をした。

続いてはシャリーの出番だ。

ノブレス魔法学園のマッチポイント。これに勝てば勝利なだけに、より一層歓声が響き渡る。

だがそれ以上に、他国の権力者たちの面子の顔色が変わった。

貴族の中では、シャリーが一番有名人だろう。理由までは知らなくても、魔法に興味があれば、彼女の二つ名を一度くらい聞いた事はあるだろう。


――【聖女】。


世界で唯一、シャリーだけは、自分自身だけではなく仲間の剣や物質に付与ができる。

それこそが、聖なる女性だと言われている所以《ゆえん》。

『ノブレス・オブリージュ』の世界には精霊が存在している。

生来、エルフだけにしか懐かないとされているし、普通は視認すらできない。

しかし唯一、精霊の力を借りることができる特殊な才能を持つ人間が存在する。

それがシャリー・エリアスだ。

そればかりは努力ではどうにもならない。

そして原作で彼女が亡くなった理由は、この精霊にある。

本来ならこの魔法をアレンが受け継ぐ形になるのだ。

幼馴染《おさななじ》みの力を得る悲劇の主人公、プレイヤー目線では王道で、興奮もするだろう。

だが俺がそれを改変し、シャリーの力は健在だ。

アレンからすれば弱体化みたいなものだが、そんなことあいつは知らないし、それ以上に強くなっている。

まあ、俺からすればそれはそれで楽しいけどな。

しかし彼女の唯一の弱点は、単身での戦闘に向いていないということだ。

いうなれば支援型。これればかりは仕方がない。

だがそれでも、シャリーは凄まじい執念を見せた。俺も見たことがない攻撃や罠《わな》で、相手を追い詰めていく。

しかし、それでも敵はすべてを凌駕《りょうが》した。

負ければチームは敗退。それが力になったのだろう。

あとほんの少しというところで、シャリーは一撃を食らってしまう。

残念ながら、負けてしまったのだ。

シャリーはよろよろと戻ってきた。

アレンに身体を支えてもらって、デュークも健闘をたたえている。

お前は頑張った。なのに……ったく、落ち込みすぎだろ。

「負けた……みんなごめんね」

「シャリー」

俺はゆっくり近づいて、シャリーに声をかけた。

「ここが戦場なら、相手を罠にかけた時点でお前の勝ちだ。こんなものただの遊びにすぎない。……気にするな」

決してほめたたえているわけじゃない。本当のことを言っただけだ。

シャリーは目を見開いた後、大口を開けて笑う。

「……ふふふ、あはは、まさかヴァイスにそう言われるなんてね。――ありがとう」

しかしいいもの見せてもらった。

誰も見たことのないシャリーの真剣勝負、未公開シーンとしては最高だった。

デュランは首の皮一枚で繋《つな》がったと言うべきかもしれないが、俺はため息をついていた。

なぜなら、原作でこのパターンのお決まりがある。

次の展開は決まっている。ゲームってのは、大体主人公サイドが不利になるようになっているものだ。

それはこの、『ノブレス・オブリージュ』でも同じ。

俺はアレンを見ていた。

またお前とか。まったく。

予想通り学園長同士で話し合いがあった。そしてほどなくして、審判が声を上げた。

それは、俺以外にとっては驚きの内容だろう。

『次の試合ですが、最終戦はタッグマッチとなりました！　つまりこれで勝利したペアのチームが優勝となります！』

当然だが、ブーイングが巻き起こる。

俺とアレンのどちらかが勝てば優勝するはずだったにもかかわらず、これではチャンスが一度きりしかない。

ノブレス魔法学園にとってメリットはないが仕方がないだろう。

だが続けて、審判が発言する。これは、ノブレス側から提示したことだと。

「おいおい、それはねえだろうよおお!?」

デュークが騒ぐのも当然だ。

だが俺は学園長のことを知っている。

勝利よりも困難を、それが理念なのだ。

文句を言っても仕方がない。

これは原作通り、優勝を困難にするためのシナリオ通りだ。

ここでアレンが勝って、俺が戦わずに試合終了なんて、クソみたいな終わりも求めていない。

それより、俺がまた主人公野郎と一緒に肩を並べるとはな……気に食わねえ。

「大変なことになりましたわね、ヴァイス」

「やるべきことは変わらん。ただ、勝つだけだ」

闘技場に進もうとすると、後ろからアレンが声をかけてきた。

「頑張ろう、ヴァイス。竜のとき……以来だね」

「先に言っておくが、あのときとは状況が違う。足を引っ張るなよ」

「それはもちろん……お互い様だ」

俺の相手はあのミハエル・トーマスだ。

そして副将、ルギ・ストラウス。

アレンの力を借りて勝利するのではなく、俺一人の力で二人をぶっ倒してやる。

それは、アレンの横顔を見ても気づいた。

ああ、こいつも、一人でぶっ倒したいと思っている。

「最終戦がタッグとは驚いた。しかし好都合だ。気にくわない二人をまとめて倒せるんだからな」

闘技場に上がると、くだらねえ爽やかな笑顔で、クソみたいな挨拶をミハエルがしてきやがった。

隣のルギ・ストラウスは真面目な野郎で、何も言わずに静かに眼鏡を上げている。

「ミハエル、いつも通りでいこう。絶対に勝てるはずだ」

「ああそうだな。頼んだぞ、ルギ」

そしてこれは、原作で一番最悪のパターンだ。

奴らはタッグでの戦いに慣れている。二人は幼いころからの親友で、ずっと連携を学んできた。

だが、そんなものは関係ない。

俺は、絶対に勝つ。

「雑魚はすぐ群れるが、俺は違う。デュラン剣術とやらが通用するのか試してみろ」

「口ばかり達者だな、ヴァイス。しかし見せてやろう。本当の剣術というものを」

アレンは無言だったが、闘志は燃やしているらしい。だが今回、こいつの助けは必要ない。

一人で倒す。でなければ厄災を食い止めることなどできるわけがないからだ。

『それでは最終戦、ノブレス魔法学園vsデュラン剣術高等学校。――ヴァイス・ファンセント、アレンvsミハエル・トーマス、ルギ・ストラウスとなります！』

ミハエル・トーマスの属性魔法は、風がメインで、それを補うのが地と水だ。

そして相棒のルギ・ストラウスも三つ。火がメインで、風と水が使える。笑ってしまうほどの天才。さらに二人はそれぞれの弱点をも補うことができる。

俺も四大属性を使えないわけではないが、基本的に闇と光を使う。

これはミルク先生の教えで、得意な属性を優先的に伸ばすほうが効率よく強くなれるからだ。

なんでもかんでも伸ばそうとするのは逆に効率が悪く、ある程度形が出来てから増やす予定で残している。

アレンの属性は光に近い性質を持つ。

ただ、なぜか強い魔法は使えない。

ありあまる剣術の才能には目を見張る部分があるものの、なぜ強くなったのか、強くなれたのか、それはまだ測りかねている。

突然ギアが上がったかのように感じるときもあれば、あっさりとやられるときもある。ちょうどいい。ミハエルたちを倒した上で、アレンの秘密も暴いてやる。

『それでは、試合開始です！』

驚いたことに、ミハエルとルギは距離を詰めてこなかった。

デュラン剣術では相手の懐に入るのが勝負の基本だ。

この時点で原作と違うが、好都合だ。

――【癒やしの加護《ヒールライト》と破壊の衝動《ダークライト》】

距離を取られたことを逆手に取って地面に手を置いた。

魔法陣の術式が、闘技場を覆うように広がっていく。

大会で見せるのは初めてということもあって、観客席から驚きの声が上がる。

仕方ない、アレンの奴も味方認定してやるか。

『な、なんだこの魔法陣は⁉』

審判が声を上げるのも無理はない。

間近にいることもあって、ミハエルとルギの身体から吸い取った魔力が、俺とアレンの身体に吸収されているのが視えるのだろう。

「……小賢《こざか》しい魔法が使えるんだな。少しは認めてやるよ、ヴァイス」

「はっ、そりゃありがてえな」

だがミハエルは涼しい顔をしていた。この陣の上にいるだけでも相当つらいはずだが、その状態でルギに声をかける。

シンティアもおそらく同じことを思っていただろう。俺はただ勝つのではなく、強くなりたい。

間髪を入れず奴らを組み伏せるより、相手のすべてを引き出す。

その上で勝つ、それが大事だ。

そのとき――。

『『魔法障壁《アンチマジック》』』

ミハエルとルギは、全身を薄い魔法膜で覆った。

魔法無効はデュランの秘匿の技だ。それに独自の手を加えたものだろう。

ライリーの全方位と違って自由に動き回れるのが見てわかった。

俺の魔法を完全に防ぎきれているわけじゃないが、随分と小賢しいものを使う。

「ルギ、時間を稼いでくれ」

「わかった」

さて、次は俺から仕掛けてみるか。

「アレン、お前はそこで立って見てろ」

「なんだって――」

単身で距離を詰め、ミハエルを狙って下段から袈裟懸《けさが》けに斬り上げた。

人の目は、上下からの攻撃に弱い。

さあ――どうだ？

するとミハエルではなく、ルギが俺の攻撃を防いだ。

「一人で来るとはな！　俺たちを舐《な》めるなよ！」

間髪を入れず、ミハエルが俺に攻撃を仕掛けてくるも、鼻先で回避する。

さすがデュラン、いい動きだ。

「ヴァイス！」

そのとき、いつのまにか距離を詰めていたアレンが、俺とスイッチするかのように攻撃を放つ。

だがミハエルは体術だけでアレンの攻撃を捌《さば》くと、間髪を入れずに蹴りを見舞った。

アレンもかろうじて受け止めるが、後方に大きく吹き飛ばされる。

ったく、まだまだだな。

俺が奴らを――。

「ルギ！」

「ああ――わかってる」

俺が斬りかかるより先に、ミハエルの掛け声に合わせてルギが風魔法を放った。

威力よりも風圧を重視した魔法攻撃。

これはシャリーの罠に近い。

ただの攻撃魔法なら俺の閃光で切り伏せることはできるが、風を集めて飛ばしているだけだ。

身体の軸がブレてしまう。その隙を見逃さずに、ミハエルが俺の頭を狙ってきやがった。

仕方なく剣で防御するが――重い。

原作で勝てなかったことを瞬時に思い出してしまうほどの力強さ。

ハッ、開発陣の絶対に勝たせまいという気概を感じる。

思わず笑みがこぼれるほどだ。これでいい、これでこそ『ノブレス・オブリージュ』だ。

『な、何と、見事な連携で仕掛けたデュラン側の攻撃でしたが、ノブレスのヴァイスが完壁に防いだ⁉』

続けざまルギがまた風魔法を放ち、俺の攻撃の機会を奪いやがった。

ミハエルはその隙に後ろに下がると、地面に手を置き――何と己の魔力のほとんどを使用して――【癒やしの加護と破壊の衝動】の術式を解いた。

「……はっ、随分と豪勢な使い方じゃねえか」

しかし驚いたのは事実だ。

この魔法陣が展開されている以上、俺たちは回復しながら攻撃を仕掛けることができた。

「ヴァイス・ファンセント。お前の実力は認めてやる。だがこれはタッグマッチだ。個々の能力だけで勝てると思うなよ」

ミハエルは、ルギの手から魔力を譲渡してもらっていた。

失った魔力を分け与える前提で、大胆な行動ができたというわけか。

確かにこうなると面倒だな。トドメは俺が差すとして、少しばかりアレンの野郎にも駒として動いてもらうか。

「アレン、奴らの動きを止めろ。適当に攻撃を仕掛けるだけでいい」

「いや、僕がやる。ヴァイス、君が止めてくれ」

「なんだと？　ろくに魔法も使えないくせに口答えするな」

「違う！　これはちゃんとした作戦で――」

俺とアレンが言い争いをしていると、ミハエルとルギが距離を詰めてきた。

次はアレンに対して風魔法を放つ。これもまた距離を取るだけで威力はない。

今まで俺は敵を潰すことだけを考えていた。

だがこいつらは違う。時間を稼ぐことが勝利につながることを知っている。

原作でもヴァイスは倒す事だけを考えていたが、もしかするとこういった戦術が剣魔杯の優勝には必要なことなのかもしれない。

「どうした、防戦一方みたいだな！」

前後左右、ルギとタイミングを合わせてミハエルが俺に斬撃を連続で放ってくる。

防ぐことはできるが、反撃をする暇がねえ。

だがな、剣だけが俺の能力だと思うなよ。

「――ミハエル！　魔力が使えなくなった！」

立ち位置の関係でルギにしか触れることはできなかったが、魔力乱流《アンルート》を流した。

それを聞いたミハエルが風魔法を放ち、ふたたび距離を取る。

慌ててくれれば楽に組み伏せられたものを、冷静な奴らだ。

「小技が多いんだな。さすが魔法に頼ってるノブレスだ」

「さあ、どうだろうなッ！」

ルギの魔力防御なら、乱された魔力はすぐに回復しないだろう。

俺は距離を詰め、あえてミハエルに向けて剣を振りかぶった。邪魔が入らないなら、真正面から潰す。

そこでようやくアレンも戻ってくるが、遅い。

「お前はルギをやれ」

「――言われなくてもっ！」

アレンはルギに向かって攻撃を仕掛けた。

望んだ展開、タイマンなら負けるわけがない。

「さっきの威勢はどうした？　ミハエル・トーマス。随分と防戦一方だな」

「クッ――」

俺の連続の打ち込みに無駄口を返す暇はないらしい。

当たり前だ。誰から剣術を教えてもらったと思っている？

おもしろい戦法だったが、もうお前から学ぶことはない。

これで——。

「終わりだ」

体勢を崩したところを見計らって、不自然な壁《アンナチユラル》で高く舞い上がった。

全体重と重力を乗せた一撃。これを食らえばミハエルは終わる。

魔法障壁、防御障壁の呪文も詠唱しているが、閃光のおかげで視えている。

すべてを破壊し、生身の身体に一撃を与えてやる——。

「ミハエル！」

だが次の刹那、奴の身体に攻撃が触れる瞬間、ルギが横からミハエルを蹴りつけた。

俺の攻撃はルギの足にぶち当たる。だがその瞬間だけ全集中して防御に充てていたのだろう。魔力の使い方を熟知してやがる。

とはいえ俺の攻撃はそんな生易しいものじゃない。この一撃で、ルギの足は使い物にならなくなった。

アレンは罠にかかっていたらしく、地面から生えた植物魔法で身動きが取れなくなっていた。

『窮地に思えたミハエルでしたが、それを助けたのはルギ！　しかし右足がどうやら動かなくなりました！　果たしてどうなる⁉』

冷静な審判の声に、だんだんと苛立《いらだ》ちを覚えてくる。
勝てそうだが押しきれない。
――クソが、足手まといがいなけりゃ。
「アレン、なぜそんな弱い？　いつものように全力を出せ」
「出してるよ！　ヴァイスが僕に合わせてくれれば！」
「――チッ」
それからもミハエルたちは、人数差を作ることに尽力していた。
威力が弱くても罠や魔法でこちらを分断し、その間に二人で一人を叩く。
単純だが、俺たちは苦労していた。
『さすがデュラン剣術の黄金ペア、窮地ではありますが、懸命に戦っています！』
審判も感じ取ったのだろう。
確かに強いが、今の俺なら絶対に負けない。
だが、それは一対一の話だ。
歓声が聞こえない。
みんな黙っているわけではないが、俺の耳に届かない。
……ああ、クソ、どうすれば――。
――そのとき。

「ヴァイス！　あなたならやれますわ！」

「アレン、しっかりしなさい！」

ひときわ目立つ声に気づく。

試合中にもかかわらず視線を向けると、シンティアとシャリーが並んでいた。

それに気づいたのは俺だけじゃなく、アレンも同様だった。

この大会は大勢が見ている。エヴァも、ミルク先生も。

そして俺は、ノブレス魔法学園の代表だ。

──そうだな、俺は勝つためにここにいる。

己の傲慢を叩きつけるためじゃない。


──そうだよな、ヴァイス。


「──アレン」

「ねえ、ヴァイス──」

俺たちは同時に声をかけた。その目、声、表情、こいつも同じことを考えているとわかった。

竜討伐を終えて、俺たちは研鑽を重ねてきた。

こいつにも芽生えていたのだろう。個々の力で圧倒的に強くならなきゃいけないと。

それが足枷《あしかせ》となり、この状況を招いていた。

今は殺し合いじゃない、狭い闘技場での試合だ。

勝つためには、試合なりの戦略が必要ってことか。

「……俺が後衛をする。まっすぐに駆けろアレン」

「君が？　ふふふ、いや、ごめん。――わかった。信じてるよ」

「……ああ」

勝つためには手段を選ばない。

それが悪役だよなァ。

ミハエルとルギは、距離をとって体力を回復させていた。

悔しいが、タッグにおいては奴らのほうが上だったかもしれない。

だがそれもこれまでだ。

アレンは駆けた。それもただ真っ直ぐに。

奴に奇策はない。あるのは、俺を信じる心だけだろう。

――はっ、主人公野郎が。けどな、その馬鹿正直さは嫌いじゃない。

「最後は無謀な特攻か」

ミハエルは笑みを浮かべた。勝利を確信したのだろう。

だが違う。

俺たちは覚悟を決めたのだ。

――これは、タッグ戦なんだと。

「不自然な壁《アンナチュラル》――身体強化――黒い癒やしの光《ダークヒール》」

手をかざして、アレンの前方に壁を出現させた。

アレンは迷いもなく右足をかけて高く飛び上がる。同時に、加護を与える魔法がアレンに降り注いだ。

今まで一度もやったことがない、他人を強くするためだけの戦略。

もちろんそれだけでなく、俺も距離を詰めていた。

ルギはまたミハエルを助けるために動いている。

だがそれもわかっていた。

俺はルギに風魔法を放った。こいつらの作戦を使うのは癪《しゃく》だが、今はこれでいい。

俺がすべきことは倒すことじゃない、アレンの邪魔をさせないことだ。

そこでアレンは、いつもより力を見せた。

魔力が爆発的に跳ね上がる。

――はっ、それを早くから出せばいいものを。

ったく、いやになるほど主人公だな。

「クソ、剣防御《ソードシールド》」

ミハエルが防御の構えを取るが、アレンの攻撃は何と相手の剣を——叩き斬った。

デュランは何よりも剣が主体だ。刃が欠けるなんてありえないほど魔力を注ぎ込んでいる。なのに、破壊しただと？

そのままミハエルの肩に一撃を与える。

大きく魔力が失われるのを感じた。だが必死に魔法を放ち、ミハエルも何とか距離を取る。

しかし覚悟を決めた俺たちはそんなに甘くない。

次は俺が一直線に駆ける。

ルギがミハエルを守ろうと前に出てくると、なりふり構わず剣を俺の前に突き出した。

こんなギリギリでも、カウンター気味に俺の目を的確に狙ってやがる。回避行動をとることもできるが、構わずに突っ込む。

——一人じゃねえからな。

「させないっ！」

剣が俺の目に触れる寸前のところで、アレンが横から弾いた。

アイコンタクトも会話もない、無駄のない刹那の動きが勝敗を分けた。

俺の狙いは初めからルギだった。

必死で守ろうとするミハエルの相棒を叩く。

「じゃあな、風眼鏡野郎」

そして俺は、ルギを一撃で堕《お》とした。

『な、何とぉ⁉ 攻めあぐねていたノブレスが急遽《きゅうきょ》攻勢に出た。ここでルギが脱落！』

しかし驚いたことがあった。

ルギは既に全魔力をミハエルに譲渡していた。自分が死ぬことを覚悟していたのだろう。

これがチャンスだと言わんばかりに、ミハエルが距離を詰めてきた。全身でアレンにぶつかり、魔力を使って相手を捕縛し、剣を振りかぶる。

「まずはお前からだ！」

アレンも防ごうとしたが、ミハエルはそれを上回った。一撃を食らってしまい、魔力が大幅に漏出してしまう。数秒後、アレンは落ちるだろう。

だが、それも読んでいた。

絶好のチャンスを、俺が見逃すわけないだろう？

「な、お前、味方ごと――」

俺は悪役だ。味方ごと叩っ斬ることに、なんの躊躇《ちゅうちょ》もない。

主人公野郎、いい囮《おとり》だったぜ。

「じゃあなミハエル」

長年の夢が叶《かな》う瞬間だ。

挑んだ回数は原作を考えると何千回？　何万回？

――いや、どうでもいいか。おとなしく死にやがれ！

最後の魔力をすべて剣に込めた。

「クソ、クソ、なんでお前らなんかに！」

確かにお前らは強かった。だが俺は負けられない。破滅を回避するまではな――。

『しょ、勝者、ヴァイス・ファンセント、そしてアレン！　何と最後は味方ごと相手を切り伏せ、勝利を手に入れました！　これにて学園対抗第十二回ノブレス剣魔杯、下級生の部優勝は、ノブレス魔法学園です!!』

直後、審判の声が響き渡る。

それから、とてつもない歓声が上がった。

「うおおおおお、ヴァイスぅぅぅ！」

「アレン!!」

「やったあ！　ノブレス優勝だああ！」

「最強だー！　流石《さすが》だぞー！」

「やったああああ！」

「ヴァイスやりすぎだ！　でもいいぞー」

さすがに疲れすぎた俺は、その場で剣を杖にして膝をつく。

はっ、どいつもこいつも嬉しそうじゃねえか。

「ヴァイス様、さすがですー！」

「ヴァイスくん！」

「ファンセントくん、凄い！」

リリス、カルタ、セシルも喜んでくれている。

ったく、これがどれだけ凄いことなのか知らないだろうな——。

「我がうちゅくしい息子よぉおぉおおお！」

号泣しながらゼビスに抱き着いているのは、我が父、アゲートだ。

え？　いたの？　いつのまに？

いや……まあ、ありがたいが、そんな泣かなくても……。

そしてエヴァは、にっこり微笑んで去っていく。

はっ、ちゃんと見届けてくれたのか。

最後にミルク先生に視線を向けると——。

『ま、よくやった』

と口を動かしていた。

……はっ、ありがてぇ。

そのとき、アレンのうめき声が聞こえた。

どうやら意識は途切れていなかったらしい。

負けイベントを覆せたのは、主人公のおかげでもある。

ゆっくりと歩み寄り、声をかける。

「立てよ、優勝者が寝てたら恰好《かっこ》つかねえだろうが」

「……そうかもね。けど、後衛するって話はどうなったの？」

「勝ったんだからいいだろ？」

「ははっ、その通りだ」

俺は手を差し出した。馴れ合いをしたいわけじゃない。これ以上、ヴァイスの名が穢《けが》れないためにだ。

そしてアレンが立ち上がったとき、ふたたび歓声が上がった。

決して口には出さないが、何とも言えない気持ちが溢れてくる。

……つうか、本当に勝てたのか、このイベント。

俺が……証明できたんだな。

「君のおかげだ、ヴァイス」

けたたましく響く歓声の中で、アレンの声だけは良く通った。

そのとき、俺の心の深いところで何かが揺れた。
この感情は、俺のじゃない。
ヴァイス、お前か。
ああ、そうか。
お前も嬉しいのか。
ったく、案外素直なところもあるんだな。
「ま、アレン。今回はお前も頑張ったかもな」
一人の力じゃ奴らに勝てなかっただろう。
それは間違いない。
とはいえ、まだ何もかも足りない。
努力も、魔力も、力も、そして——仲間も必要だとわかった。
厄災における戦いは、俺とセシルだけで乗り越えることは不可能だ。
それを確信した。
こいつらに話すべき——。

——ジジ——ジ。——ジジジジ——ジ。

そのとき、妙な音が上から聞こえた。

機械が壊れたかのような不協和音。

同時に世界が暗くなっていく。

空を見上げると、さっきまで明るかった太陽が隠れていた。

――ああ、クソが。

気づいたのは俺だけじゃなかった。その場にいた全員だ。

これが、これこそが――厄災の始まりだ。

全身に鳥肌が立ち、ゲームで見た地獄の光景を思い出させる。

厄災は原作ではランダムでいつ起きるかわからない。しかしこのタイミングは一度も見たことがない。

少なくとも夏が終わってからだ。遅いと中級生に上がってからというパターンもある。

この世界は改変こそあるものの、本筋は時系列通りで進んできた。

入学式、タッグトーナメント、サバイバル、そして剣魔杯。

だがもちろんありえないことも起きる。

もしかしたらとは考えていた。

だが実際に起きるとは。

俺の心の叫びとリンクするように、黒い闇が空を覆っていく。

その直後、空にいつくもの黒くて薄い円が出現した。そこからゆっくりと姿を現しはじめたのは、魔物だ。

足だけしか見えないほど巨大で、ありえないほど魔力で溢れている。

獰猛《どうもう》で狂気的、人間を虐殺することが大好きな、選ばれし固有種。

「……クソが」

だが厄災にはフェーズがある。

いきなりクライマックス、なんてのはゲームのセオリーじゃない。

まずはゆっくりと、そして着実に恐れを抱いてもらうため、徐々にギアを上げていく。

といっても、プレイヤー側からすればスタートの時点で難易度はマックスだ。

恐ろしく強い魔物が最初から降り注ぐ。そのどれもが上級で大型ばかり。

レベルはもちろん、プレイヤーの技術も高水準に達して、ようやく制覇できる鬼仕様。

どのパターンでも大勢の犠牲者が出るので、焦りと恐怖心が溢れてくる。

たとえ見知らぬ奴であっても、誰かが血を流すのは、ゲームとはいえ悲しい出来事だ。

だがこれは現実。

そして今、それがまさに起ころうとしていた――。

「お、おい、あれはなんだよ!?」

「ひ、ひぃ！　ま、魔物じゃねえか!?」

「に、逃げろぉぉおぉぉお！」

観客の一人が悲鳴を上げると、恐怖が伝染していく。

最初に観客席に降り立とうとしていたのは、巨大なサイクロプスだ。数値がいじられているので、通常個体よりも遙《はる》かに強い。

俺は素早く不自然《アンナチュラル》な壁を生み出し、空に駆け上がっていた。

知っていたからこそ動けた。誰よりも早くこの現状を理解して行動した。

アレンも、シャリーも、デュークも、シンティアも、リリスも、ミハエルもまだ動けていない。

だが、そんな俺よりも早く動いた二人がいた。

ミルク・アビタス――そしてエヴァ・エイブリー。

二人は気づけば視界の遙か先にいた。そして観客席に降り立とうとしているサイクロプスを、何と空中で切り刻んだ。

それも五体まとめて。閃光がなければ何も見えなかった速度。

散り散りとなった血肉が、観客席にボタボタと落ちていく。

二人とも飛行魔法を習得しているのだろう。

それでも圧倒的な速さだった。

ありえない。さすがの二人でもあんなに早くは動けないはずだ。

そのとき、ふと観客席のセシルに視線を向けた。

観察眼で確認すると、すでに魔力を使っている。

——ああそうか、彼女がいち早く伝えてくれたのか。

……感謝がいくつあっても足りねえ。

「これは一体……」

「厄災だ。これは始まりにすぎない。戦闘態勢を取れ。次が来るぞ」

シンティアが驚きながら声を漏らす。いくら数百年前とはいえ、厄災を知らない奴はこの世界にはいない。

俺の言葉が伝達し、生徒たちはすぐに魔力を漲《みなぎ》らせた。

さすが鍛えられた連中だ。思考よりも先に身体が動くらしい。

「セシル！」

俺が観客席に向かって叫ぶと同時に、彼女がこの場にいる全員に直接語り掛けた。

『これは厄災です。戦闘準備をお願いします。また、転移魔法を用意しています。非戦闘員、一般の方々を誘導するので、手伝ってください』

これは、彼女の固有能力《テレパシー》だ。

魔力の消費は大きいが、大勢に情報を伝達することができる。
セシルが指定すれば、個々での対話も可能だったはず。
電話というシステムがない『ノブレス・オブリージュ』において圧倒的な伝達力、いや
それよりも、転移魔法を用意している？
セシルにはもしかしたらと伝えていたが、今までのことを考えるとありえないと思って
いた。
まさかここまで用意周到だったとは、さすがだな。
続いて彼女は、俺だけに語りかけてきた。
『ファンセントくん、空に闇が見えた瞬間、エヴァ先輩とミルク先生に急いで厄災のこと
を伝えました』
セシルはさらに、並列思考という能力を持っている。いくつかのことを同時に考えるこ
とができるのだ。
これにより、俺に語りかけながら誰かとも話しているのだろう。
彼女がいなければ、今のこの状況は既に大惨事だったはず。
空の闇はまだ広がっている。次の転移魔法から魔物が落ちてくるのも時間の問題だ。
何故《なぜ》すぐに降りてこないのか、それはおそらくサイクロプスが本来プレイヤーに駆逐さ
れるであろう時間だけ猶予があるからだろう。

このあたりは如何《いか》にもゲームらしいが、貴重な猶予だ。

とはいえ数分程度、この間に観客や一般人を避難させなければならない。

まずはカルタが高く飛び上がった。

セシルが伝達しているのだろう。カルタの指示通りに大勢が避難していく。

エヴァとミルク先生は空を見上げていた。

ダリウス、クロエ、学園長もだ。

今ここにいるのは各国の下級生と権力者、そして試合を見にきているノブレスを含む少数の先輩たちだ。

戦える奴らが多いのはありがたいが、それでもこの状況は過酷だ。

すると、遙か後方で転移魔法のエフェクトが展開し、多くの魔力が消えた。

どこへ飛ばしたのかは知らないが、ここまでしているのならば安全圏だろう。

とはいえ、全員が転移したわけじゃない。

『ノブレス・オブリージュ』では、魔力が高い人ほど転移魔法で転移させることが難しくなる。

たとえばエヴァ一人を移動させるのは、一般人だと千人分以上に相当するだろう。

対象が強ければ強いほど、転移魔法は制約を受ける。

しかしセシルはどうやってこの準備を進めることができたのか。

生きて帰れたら、色々と教えてもらうとするか。

『みなさん、これからについてですが――』

セシルが、必要最低限の情報かつ、有用な情報を伝えていく。

魔力は残り少なく、身体は疲労感で動きが鈍っている。

だが覚悟はできていた。

剣を構えていると、ふたたび空に大きな穴が開いた。

次が第二フェーズ、数が圧倒的に多くなる。


――一匹残らず、駆逐してやる。


ここからはさらに乱戦になるだろうが、一般人が少なくなった分、やりやすくはある。

セシルの指示を信じていいのか、まだ疑心暗鬼な連中が大勢いた。

だが――。

『細かい指示は私が出します。そしてこれは――ノブレス魔法学園のギルス学園長の言葉を代弁しています』

その瞬間、俺はこんな状況にもかかわらず笑みを浮かべた。

おそらくこれは、セシルの考えた咄嗟《とっさ》の方便だ。

だろう。
それにセシル・アントワープが頭脳明晰《ずのうめいせき》だなんて周知の事実、これほどの安心感はない
だが学園長からだと言えば誰でも信じるし、決して疑わない。
はっ、さすがだな。
もしこれで責任問題になったら、俺も一緒に学園を辞めてやる。
いつのまにか俺の心から不安は消えていた。
あるのは高揚感。
俺は今、物語序盤の最高の展開の中心にいる。
……楽しんでやる。そうだよなァ、ヴァイス。
少し休んだおかげで、魔力も回復した。
俺なら、俺たちなら――勝てる。
「グォオオォオォオォオォオォオォオォ」
大勢の魔物が闘技場に降り立とうとしていた。
俺がこの技を編み出したのは、今このときのためだ。
どれだけ劣勢でも、どんな状況でも、必ず勝つ。

――【癒やしの加護と破壊の衝動】

地面に手を置いて力を使おうとしたが、思っていたよりも魔力が回復していなかったらしく、発動が遅い。クソ急がねえと――。

「ヴァイス、俺のを使え」

そのとき、ミハエルが俺の肩に手を触れた。魔力譲渡はまだノブレス魔法学園では習っていない。俺にやられたくせに、残り少ない魔力で無茶《むちゃ》するとはな。

だが――ありがたくいただく。

長期戦だ。魔力補給を第一に指定し、味方全員に行き渡る術式を瞬時に展開した。

この場にいる大勢の身体が光り輝く。

「俺たちなら勝てる。――行くぞ」

全員の顔を見た。誰も言葉を発しないが、覚悟はこの短い時間で決まっているらしい。

厄災の事を伝えようと思ったが、必要なかったかもな。

魔物が頭上から降り注ぎ、血生臭い戦闘が幕を開けた。

余計な言葉を発せず、敵だった他校生も今は頼りになる味方だ。

まっすぐに駆け、目の前に降り立ったデカい魔狼《まろう》の首を切り落とす。

だが上級魔物はそれだけじゃ死なない。間髪を入れずに心臓を刺突。

無心に、ただ敵の戦闘力を削《そ》いでいく。

視線の端で、シンティアとシャリーが、返り血を浴びながら必死に戦っている。
ただその中でも圧倒的に目立つ女性が、制空権を支配していた。
エヴァ・エイブリーが、魔物の額に手を触れさせながら次々と絶命させていく。
その後ろでは、カルタがとてつもない魔力砲を放ち、猛威を振るっていた。
はっ、あの弱気な生徒が、今じゃ最強と肩を並べているとはな。
狭い観客席では、ミルク先生が凄まじい身のこなしで、魔物の首を刈り取っていた。
まるで体操選手だ。惚れ惚れするほどの剣技に心が震える。
前線を進みながら一体、二体、三体と駆逐していく。
デカい奴は殺しがいがある。やはり俺は、命を奪い取るのが好きらしい。
生徒たちが、命を懸けて必死に戦っている。
そのとき、後から魔物の声がして振り返ろうとしたが、すぐに聞こえなくなった。
背中合わせで声をかける。
「――死ぬなよ、リリス」
「もちろんです。私は、ヴァイス様の剣であり、盾ですから――」
顔を合わせることなく、彼女は反対側に駆けていく。
厄災阻止の難易度は非常に高い。今もなお魔物はありえないほど降り注いでくる。
今この場の誰か一人でも欠けていたら恐ろしいことになっていたはずだ。

そして、その中でも功労者は——。

『右側通路にケルベロス二体、左側の通路から北側に侵入』

セシルで間違いないだろう。彼女は、すべてを見通しているかのように生徒たちに指示を出していた。

おそらく複数人に話しかけながら、それでいて未来を予測している。

彼女からすれば、俺たちは今『バトル・ユニバース』の駒なのかもな。

だがそのとき——。

『空！』

セシルの一言で、空気がまた変わった。

本番はここからだ。

またもや不協和音が聞こえた。

戦闘しながら空を見上げる。巨大な三つの転移魔法が姿を現した。

ああ、ついに来たか。

ずっと不思議に思っていたことがある。

俺はこの『ノブレス・オブリージュ』が好きだ。といっても、すべてを把握しているわけじゃないが。

だがそれを考えてもありえないことがある。

今まで俺の頭の中に、魔王の情報が一切浮かんでこないことだ。

姿形、能力、名前すらも浮かんでこない。

原因不明、そんなことがありえるだろうか？

どれだけ考えても、ぼんやりとも浮かんでこない。

魔王、ただその存在は強く覚えている。

だが、男か女か、それすらもわからない。

ただ人間を殺すのが趣味だという事だけは覚えていた。

反対に魔族たちのことはしっかりと記憶している。

だが――。

「想定より人間が多いですね」

「そうね、数百年前よりは強そうじゃない？」

「ガハハ！　何事も予想通りとはいかぬものだな！」

観察眼のおかげで、奴らの言葉がわかった。

姿を現したのは、三人の魔族だった。

頭に赤い角が生えているのが、奴ら魔族の特徴だ。

さらにあいつらは、俺たちが地面を歩くみたいに空中を移動する魔法が使える。

「……誰だあいつら」

金髪で端正な顔立ちの男。

冷たい目で俺たちを見下ろす茶髪の女。

赤髪の大柄の男。

俺は言葉を失った。

豊富な味方キャラクターを売りにしている『ノブレス・オブリージュ』だが、一方で敵が大きく変わることはない。

それぞれの対策も考えていたし、セシルの助言もあって用意周到に準備していた。そして着実に勝てるであろう作戦を練っていた。

だが空にいる三人は、俺ですらもまったく知らない。

一度も見たことのない――魔族だった。

「――クソが、誰なんだよお前らは!!」

「グガァァアア」

魔力を張らせ、魔物を駆逐しながら叫んだ。

この意味がわかるのはセシルただ一人だろう。

起こりうる未来に対処していけば、道が切り開かれると思っていた。

だがそうじゃなくなった今、俺は――。

「ヴァイス！　僕たちなら勝てる！」

そのとき、すべてを見透かしたかのようなタイミングで、アレンが俺を励ましてきやがった。

魔力は残り少ない。なのにあの竜の時のように真っ直ぐな目をしてやがる。

……ああそうだよな。

俺たちは不可能を可能にしてきた。

周囲を見渡せば、大勢の強い味方がいる。

俺は——一人じゃない。

覚悟を決めろ——ヴァイス・ファンセント。

今はただ、やるべきことをやれ。

『……魔族が現れましたが問題ありません。過去の文献によると不意打ちを好みません。おそらくすぐには手は出してこないでしょう。着実に、そして焦らず魔物を駆逐してください』

セシルの声もいつもよりトーンが低い。今の言葉は、自分を落ち着かせる意味もあるだろう。

セシルを——仲間を——信じればいい。

「グガァアァアァア？」

「クソゴミ魔物が、俺に近づくな。不自然な壁《アンナチュラル》——」

魔族は戦闘種族だ。不意打ちは好まないとはいえ、俺たちを見て血をたぎらせないわけがない。

だが奴らはなぜか、空で俺たちを眺めていた。

それも――楽しそうに。

「がははは、やはり勝てないじゃないか！」

「そうねえ。となると、魔王様の言う通りなのかしら？」

「時間周遊《タイムループ》とは、人間たちも小賢しい知恵をつけましたね」

……時間周遊、だと？

驚きのあまり後ろから迫りくる魔物の攻撃に気づくのが遅れた。

大きな狼《おおかみ》の牙が首に刺さりそうになる――。


――ヒュンッ。


しかし恐ろしく速い魔力砲が飛んできて、魔狼の頭が消し飛んだ。

顔を向けると、エヴァが笑みを浮かべていた。

『――貸しよ』

はっ、ヤバい先輩に借りを作ってしまった。

目線で礼を言うと、言葉も交わさずに駆ける。

視界の先、怪我をしていた生徒が肩を押さえていた。魔物がにじり寄るも、それを一撃で倒した男がいた。

「ヴァイス、ここは任せろ。——ゼビス、背中を頼んだぞ」

「はっ」

父上、アゲートがゼビスと背中合わせで魔物と戦っていた。戦えるとは知らなかった。

俺は、知らないことばかりだな。

だが考えるのは後だ。

今はただ、目の前の敵を倒せ。


それから数十分ほどが経過した。

何度も死線を潜《くぐ》り抜《ぬ》け、ぎりぎりの綱渡りで勝ち続けた。

誰かが危険な状態に陥ると、セシルが的確に指示を出してくれる。

おかげで怪我人はいても死人はいないだろう。

いくら魔族が攻撃を仕掛けてこないとしても、ありえないほどの成果だ。

しかしこれで終わりなわけがない。

その答えは、空中にいる奴らが——握っている。

そのうちの一人、金髪で漆黒の服を着た男が空中から降りてくる。

こんなときになんだが、顔立ちが整っていて、とても魔族とは思えない。

だがあふれ出る魔力は、俺が知っている奴らより遙かに強く思えた。

全員が固唾《かたず》を飲んで見守っている。

驚いたことに、エヴァとミルク先生は手を出さなかった。

その気配すらない。

だが理由はすぐにわかった。

手を出せば戦闘が始まり、この場にいる下級生が大勢死ぬ。

それを、避けている。

そして男は、コツッと靴を鳴らして闘技場に降り立つ。

まるで散歩にきたかのような優雅さだ。

俺たちに囲まれているというのに、怯《おび》えている様子もない。

「初めまして、私は七禍罪《しちかざい》の一人、ビーファと申します。後ろにいる華憐な女性がスルス。

そして大きいのが、ラコムです」

驚いたことに、そいつはまっすぐに俺を見ていた。

なぜかはわからない。何かに気づいている、そんな顔をしている。

そもそも七禍罪とはなんだ？　俺はそんなものを聞いたことがない。

そしてビーファは、まだ俺を見ていた。

「なるほど。あなたが、特異点《シンギュラリティ》ですか。間近で見るとよりわかってしまいますね」

そのとき、気持ちが高ぶったのか、下級生の一人が攻撃を仕掛ける。

戦闘が始まる——俺たちは魔力を漲らせたが、下級生の攻撃はなぜか空を切る。

魔族はどこに消えた、と思っていたら、俺の真横から声がする。

「＊＊＊＊＊＊＊＊か？」

次の瞬間、ビーファは俺の真横に瞬間移動し、あり得ない言葉を耳打ちをした。

その言葉に思わず血の気が引くも、急いで攻撃を仕掛ける。

しかしまた忽然《こつぜん》と消える。次は、何と遥か上空に立っていた。

原理はわからない。だが、確実に魔法だろう。

魔族は、俺たちとは異なる術を使う。

根本から違うのだ。

「今回はただの挨拶です。ただ、魔王様の言う通りでした。信じられないことですが、このまま戦えば私たちが敗北するところでしたよ」

上空で、ビーファが微笑んでいた。

挨拶だと？　魔族が戦いもせず退くなんてありえない。

奴らはプライドがすべてだ。強さがすべてだ。

だが敗北を認めた？

「相応の準備を重ねてきます。それでは」

「まったく、ここに来る意味はあったのかしら」

「視察が魔王様のご指示なのだから仕方がない！　とはいえつまらんな！　よし——最後に挨拶くらいはしとくか！」

転移魔法が出現、そのまま空に消えていくかと思いきや、デカい男——ラコムと呼ばれた男が天に手にかざした。

次の瞬間、バカでかい炎の玉を出現させる。

魔力の原理を根本から無視した出現の速さと大きさ、熱波が凄まじく、高密度の魔力に覆われているのがわかった。

何よりも驚いたのは、原作でも見たことがない魔族が、俺が知っている魔族以上の力を出していることだ。

「——さらばだ！」

ラコムは、その炎の玉を俺たちに放り投げやがった。

その場から離れることはできる。だが怪我人はそうもいかないだろう。

『ファンセントくん！』

直後、脳内に響き渡るセシルの声。

俺は彼女の言葉より早く駆けていた。

残ったすべての魔力を閃光に費やす。

すべてが遅く視える。

飛び出した瞬間、背中を何かに押された。ひんやりと冷たい、だが心地よくもある。

これはシンティアの氷の浮遊だ。はっ、ありがてぇ。

そして驚いた事に、エヴァだけが俺を視ていた。何もかもが遅く視えるこの世界、刹那の中で、俺を認識しているらしい。

お先にどうぞと、目で合図してきやがった。

そして俺は、炎の玉に剣を沿わせる。術式を分解し、炎の綻びに隙間を作っていく。

炎は大きく分散するも、完全に消えるわけじゃない。

だがその残りを、エヴァ、ミルク先生、ダリウス、クロエ、その場の強者たちが残らず破壊し、跡形もなく――消し去った。

ほんの一瞬、だが絶命する可能性も秘めた刹那だった。

「うおおおお、さすがヴァイス！」

「死ぬかと思った……」

「先生たちもすげえ……」

下級生、他校生たちが喜びのためか叫ぶ。咄嗟に死を覚悟したのだろう。

「……ふう」

地面に降り立つと、リリスが肩を支えてくれた。

「ヴァイス様、素晴らしいです！」

「ヴァイス、大丈夫ですか⁉」

「ああ、問題ない」

空を見上げても魔族の姿はない。残されたのは、破壊しつくされた闘技場と無数の魔物の死体、そして――謎。

やっぱり一筋縄じゃいかねえな、この世界は。

だが俺たちは、厄災を乗り越えることができた。

あの様子からするとまた襲ってくるだろうが、これは大きな一歩だ。

一人じゃ辿《たど》り着《つ》けなかった。それは認めざるを得ない。

そして――。

「ふうん、面白いことになってきたわねえ」

全員が恐怖と安堵《あんど》を嚙《か》み締《し》めている中、唯一心の底から嬉しそうだったのは、エヴァ・エイブリー、ただ一人だった。

それから数時間後、王都から兵士が大勢やってきた。

現状の確認、負傷者の治療をしてくれている。

これから調べること、考えることは山ほどある。

まだバタバタしているが、他校生は国に帰ることになった。

大勢のライバル、しかし頼もしい味方でもあった。

去り際、ミハエルが声をかけてきた。

「ヴァイス、今回は俺の負けだ。来年は必ず勝つ。――またな」

「はっ、負け犬にしちゃいい気概だな。――せいぜい頑張んな」

軽口を叩いたが、驚いていた。

こんなことを言う奴じゃないからだ。

これが、優勝者だけに見られる未公開シーンか。

……悪くねえな。

「なんだか大変なことになりましたわね」

「そうですね……魔族が現れるなんて」

「だな。だがいつも通りやるべきことをやるだけだ。――シンティア、リリス、ありがとな」

そして俺は、二人に感謝の言葉を伝えた。これからもっと言わないといけない相手もいるが、まずは誰よりもそばにいてくれた彼女たちに。

二人はいつものように、ふふふと笑った。

「当然のことをしたまでですわ」

「私もです！　お礼はいりませんよ！　でも、褒められるのは嬉しいです！」

これから先は、俺の知らない分岐点も増えていくだろう。

それでも、必ずこのゲームを制覇してやる。


──絶対にな。

まあでも、一段落、ってやつだな。

―最終章― それぞれの想い

二回目の厄災事件のことは、世界中に瞬く間に広がった。

負傷者は多数だったが、驚いた事に死者はいなかった。

原作を知っている俺からすれば、魔族が参加していないとはいえ、凄《すさ》まじい偉業だ。

その立役者は他でもない、セシル・アントワープで間違いないだろう。

彼女は咄嗟《とっさ》の判断で、ギルス学園長の言葉を代弁したと宣言していたが、驚いたことにあのあと、呼び出しすらなかったらしい。

何ともまあ驚いたが、学園長が変わった人だとは知っていたので納得もした。

とはいえ表向きはギルス学園長の指示になっている。セシルもホッとしていたが、本当は俺が一番胸を撫《な》で下《お》ろしていた。

転移魔法については、クロエが尽力してくれていたらしい。

クロエには近辺の魔物だったり、問題が起こる可能性を示唆したりして説得したらしいが、そのあたりがセシルの地頭の良さだろう。

そしてあのあと、父はずっと俺の心配をしていた。痛い所はないか、怪我《けが》はないかと。無事を確認してからは、自分も鍛えなおさないといけないと言っていた。十分強かったと思うが、昔はもっと凄《すご》かったらしい。

そのあたりの設定は知らないので、いつか根掘り葉掘り聞いてみようと思う。

エヴァは本当に嬉《うれ》しそうだった。

ご機嫌すぎて笑い声が数日間も校内に響き渡っていたとか、遅刻せずに連続で授業に参加したとか。そのあたりは中級生なので真実はわからない。貸しについては未《いま》だ保留にされている。いつ声がかかるのかと不安で仕方がない。

反対にミルク先生は不満そうだった。被害を恐れて魔族に手を出さなかった自分が不甲斐《ふがい》ないと言っていた。

昔の自分なら、あの場で魔族を八つ裂きにしていたと。

でも……俺は良かったんじゃないかと思う。ミルク先生もまた、変わっているのだろう。

俺も俺で、頭の整理がまだできていなかった。

七禍罪《しちかざい》と名乗ったビーファが俺に囁《ささや》いた言葉——。

俺は破滅を回避しようとしていた。

これまでは順調だった。

だが突然、首根っこを摑《つか》まれた気分だ。

「ヴァイス、それだけでいいのですか？」

「ああ、フルーツだけで十分だ」

ちなみに大事を取って中級生と上級生の試合は見送られた。

あの日からすでに一週間が経過している。

ノブレス魔法学園も三日ほど休校になったが、四日目には授業が再開された。

今後は対策魔法の専門家を先生に迎えるとの話もあった。

原作にはない分岐点だ。

ノブレスの校内は、既に笑顔で溢《あふ》れている。

魔物という凶悪な生物がいる世界なので当たり前かもしれないが、誰もが適応能力に長《た》けている。

むしろ、全員がやる気になっていた。

今度は絶対、俺が魔族を倒す――と。

意外にも一番落ち込んでいたのはリリスだった。

大会《トーナメント》の面子に選ばれなかったこともあって、厄災でもみんなの足手まといだったんじゃないかと。

十二分に頑張っていると思うが、それでも納得がいかないらしい。

リリスは今でも俺のメイドだ。だったら主人が、手本を見せなきゃ駄目だよなァ。

「やっぱり……食うか。リリス、お前も食べろ。今できることは、次に何があっても対応できる精神力をつけることだ。違うか？」

リリスは俯《うつむ》いていたが前を向き、突然立ち上がる。

そして――。

「……食べます！　日替わり定食二つ、持ってきます！」

いつも通りの声量で叫ぶと、ドシドシと歩いていく。

いや、俺は別のが良かったんだが……まあいいか。

「ヴァイス、ずっと聞きたかったことがあります」

「なんだ？」

シンティアとまともに話すのは久しぶりだった。

彼女の家は結構な過保護で、もう少しでノブレス魔法学園を自主退学させられるところだったらしい。

原作にはないが、何事にも例外はある。だがシンティアの意思は固かった。

おそらく……俺のためだろうな。

言いづらそうにした後、真《ま》っ直《す》ぐに俺の目を見つめた。

「あの……ビーファという魔族に何を言われたのでしょうか？」

「……気づいてたのか」

「はい」

あのとき、俺はあいつの言葉で身体が固まった。

他の奴《やつ》らにも、何言われたんだ？　と聞かれたが、気のせいだと返していた。

ミルク先生にもだ。

その言葉は、今思い出しても身も凍る。


『――他人の身体は楽しいですか？』


俺はあいつと初対面だったし、一度も会話を交わしていない。

なのになぜ、確信めいたことを言われたのか。

……わからない。

「……シンティア、君に嘘《うそ》はつきたくない。だが言えない――今はまだ……」

申し訳なかった。俺のために色々としてくれているというのに、真実は何も話せていない。

難易度の高い『ノブレス・オブリージュ』では、些細《ささい》なきっかけで人の死が確定する。

下手に未来を話せば、それが引き金になるかもしれない。

いや……もしかしたら俺は単純に怖いだけなのかもな。

信じてもらえないかもしれない、彼女に拒絶されるかもしれない――と。

しかしシンティアは笑みを浮かべた。

「今はまだ、ですね。安心しました。ヴァイスがそう思ってくださっているのであれば、いつまでもお待ちしています」

ああ……ほんと、俺には勿体《もったい》ないくらいの女性だ。

「……ありがとな」

「ただいまです！」

そこに、白米モリモリ、唐揚げモリモリの定食を、リリスがテーブルにドサッと置く。

サラダもたくさん、フルーツの追加もたくさんだ。

……多すぎだろ。

「まだまだこれからですよね！　次に魔族が来たら、とっちめてやりましょう！」

「ああ……そうだな。食うか」

リリスの言う通りだ。俺たちは下級生、物語はこれからだ。

序章で躓《つまず》いていたら、ゲームを制覇することなんてできない。

「それにヴァイス様もシンティアさんも凄いですよ！　大会を優勝《クリア》して、厄災も払いのけて！」

「そうですわ。特にヴァイスは、下級生首位、そしてポイントも過去最高、今大会での戦いも既に伝説になっていますよ」
シンティアの言葉通り、俺の名前は各国に認知されたはず。
今までの悪評がそう簡単に消えることはないだろうが、それでもまずは第一歩だ。
原作で優勝できなかった大会に優勝し、さらに賞品までいただいた。
念願の厄災をも乗り越えた。
結果だけみれば最高得点か。
来月には下級生の修学旅行がある。
笑いあり、涙あり、地獄あり、とコンセプトで書かれていた文言を思い出す。
俺が一番好きなイベントだ。
実際に体験するとは思わなかったが、今では少し楽しみだ。
久しぶりに退学者も出るだろう。
俺も気合を入れなおさなきゃいけない。
「そういえば、優勝賞品羨ましいです。私も欲しかったです……」
「来年はリリスも一緒に出ましょうね」
「はい！」
授与式こそ途中で終わったが、褒美はキチンといただいた。
そしてそれは何と、掲示板で張られていたＳＳ《スクリーンショット》に写っていたものと同じだった。

正直、マジかよ、と声が漏れ出たほどだ。

俺は、左腰に帯刀している剣に手を触れた。

魔力の性質に合わせて形が変化する古代魔法具《アーティファクト》、それが優勝賞品だった。

それを五人分、アレンたちが手に入れたものがどんなものなのかは知らないが、ある意味で厄介度が上がったとも言える。

生徒の大会の賞品にしちゃいささかご褒美がすぎるが、これが『ノブレス・オブリージュ』の良さだ。

ま、俺が強けりゃそれでいいか。

――これからよろしくな。

【エターナルデュアルソード（Eternal Dual）－闇と光の二つの力を併せ持つ魔法剣】

従者の属性魔法を何倍も増幅させる。魔力消費は著しく低い。

◆

「はあはあ……ハアアッ！」

「おっと、アレン！　さすがにその隙は見逃さねえぜっ！」

あの大会後、僕がどれだけ剣を振っても、デュークにすべてを回避される。

身体強化《パワーアップ》しているとはいえ、とんでもないほど強くなっていた。

さらに今は遠距離でも攻撃を仕掛けてくる。

「ハァアッ！」

「いいねえアレン、いい鋭さだ！」

そのとき、聞きなれた優しい声が後ろから聞こえた。

「まーた訓練室だと思った。二人ともご飯くらい食べなさいよ」

シャリーだ。その手に、大きなお弁当を二つ持っていた。

ノブレス魔法学園の食堂は無料で、種類も豊富だ。さらに頼めばお弁当も作ってくれる。

ということは――。

「ヌォオオォオォオォ、飯か⁉　飯だよな⁉　神か⁉　シャリー、お前は天才か⁉」

案の定、デュークが手を止めてよそ見をした。

僕は――その隙を見逃さない。

「今だ！　えいっ――やった、一本！」

見事に一撃、だがデュークは微動だにしない。

「飯食おうぜ、アレン！」

「……効いてる？　いや、聞いてたとは思うけど」

「何の話だ？　飯食おうぜ！　腹減った！」

「……ま、いっか。——シャリー、ありがとう」

手を止めて剣を置き、シャリーのもとへ近づいてお礼を言った。

「はいはい、でもシャワーくらい浴びてから……って、もう食べはじめてるし」

「うめぇ……唐揚げうめぇ……」

二回目の厄災の後、僕は自分の情けなさに腹が立った。

最後、炎の玉が放たれた時、誰よりも早く駆けたのはヴァイスだった。

魔法の綻びを見つけ、術式を破壊し、大勢の命を救った。

噂《うわさ》によると、セシルさんはヴァイスと、何があってもいいように転移魔法も予《あらかじ》め準備していたらしい。

……僕はダメだ。

何もできなかった。何もしなかった。ただ、自分のことばかり考えていた。

エヴァ先輩とミルク先生なんて、とんでもない動きをしていた。

デュランのミハエルとルギは、僕だけなら絶対に勝てなかった。

……もっと、強くならなきゃ。

「アレン、早く食べないとデュークがあなたの分を食べるわよ」

「え？　あ、ああ！　それ、僕のじゃないの!?」

「唐揚げ一個だけ！　な⁉」

「嫌だ！　そうやっていつも全部食べるじゃん！」

「どうせ無料なんだから後でもらいにいけばいいじゃん！」

「じゃあ自分でいってきたらいいじゃん！」

「面倒じゃん！」

「二人とも、いい加減にしないとぶん殴るよ」

いつものように叱られ、僕たちはおとなしくした。

ご飯を食べ終わったあと、シャリーとデュークが――。

「俺たち、もっと強くならねえとな」

「そうね……大会で負けたのは私だけだし、足手まといを実感したわ」

まったく同じことを考えていた。

ここで止まると、ヴァイスに追いつけなくなる。

「よし！　――デューク、シャリー。二人同時に相手してくれない？」

「はあ？　さすがにそれは舐《な》めすぎだろ⁉」

「そうよ。それは言いすぎ――もしかして……訓練でも能力を使うつもり？」

僕は今まで、副作用を気にしすぎていた。

だから肝心な時に使いこなせていなかった。

でもこれからは違う。

もっと、未来を見据えている。

そのためには、犠牲を払ってでも。

「身体が数日間、動かなくなるかもしれないけど……それを繰り返すしかない。自分以外の能力を使う練習もしなきゃ、実戦で使えないと実感した」

「……はっ、わかった。じゃあ俺の身体強化とも戦えるってことか。それは楽しみだな」

「無理しないでね。くれぐれも異変を感じたら使わないでよ」

「わかった」

僕の能力、それは――他人の能力を模倣することができるというもの。

だがそのデメリットは甚だ大きい。

使用後は使用した魔力に応じて身体が動かなくなるし、限界を超えると気を失う。

そしてそれは、僕ですらいつ回復するかはわからない。

能力の使用は一定時間の制限があり、再使用時間が設けられている。

さらに能力を模倣できるようにするためには、いくつかの条件をクリアしなきゃいけない。

竜討伐後、僕は一週間以上眠ってしまった。

ギルス学園長や一部の先生だけは知っている。

弱みを見せたくなかったのと、他人の努力を奪うような、褒められた能力ではないから、ヴァイスや、他の人には言わないようにしてもらっていたけれど。

ただ一番の大きな理由は、能力は魔法ではなく、魔族固有能力《テレパシー》に似ているから。

だけどそんなことはもう言っていられない。

僕は、もっと強くなるんだ。

「それに気づいたんだ。限界を超えるたび、使用時間が伸びてるってことに」

「……マジかよ。じゃあ、なおさらやらなきゃな！」

「でも、みんなにバレないようにしなさいよ。人の能力を使ってるとこがバレたら、きっと怒る人もいるわ」

シャリーは優しく言ってくれるが、ちゃんとわかっている。貴族が多い中で、ただでさえ平民の僕を快く思っていない人は多い。そんな僕が他人の能力を使ってるだなんて噂になれば、大勢から怒りの矛先を向けられる。

それでも、前に進みたい。

「じゃあ、身体強化とシャリーの魔法付与《エンチャンター》、それと……シンティアさんの氷魔法《アイスマジック》の組み合わせを練習しようかな」

「お、いいねえ！　俺たちもありがたいぜ！」

「わかったわ。でも、負けないからね」

それからデュークは、嬉しそうに立ち上がった。

「そう言やみんな古代魔法具は何になった？　俺のはすげえぜ！」

「デュークには教えなーい」

「僕もまだ秘密かな」

「ちぇっ、ずりいなあ！　まあでも、それも楽しみだな」


——僕が、みんなを守るんだ。

ねえ、そうだよね。ヴァイス。

とある舞踏会

『ノブレス・オブリージュ』には様々なイベントが存在する。

タッグトーナメント、文化祭、剣魔杯。

原作なら楽しかったエピソードも、現実世界に置き換えるとそうじゃないこともある。

そして新たなイベントが、もうすぐ開催される予定だ。

俺は憂鬱な気分だった。

普段は感情に身を委ねることはあまりしないが、どうも気が進まない。

きっと、ポイントに関係がないからだろう。

なぜそんな無駄なことを、という思いがどうしても頭に過る。

とはいえ、俺以外の多くの連中は大喜びみたいだが。

「ヴァイスくん、どうしたの？　何か、嫌なことでもあった？」

そんなことを考えていると、隣からか細い声が聞こえた。

顔を向けると、そこには小柄で肩まであるピンク髪、背丈ほどの大きな魔法の杖《つえ》を持つ、気弱な少女――いや、今は違うか。

飛行の天才、カルタが座っていた。

「考えごとをしていただけだ。カルタは嬉《うれ》しそうだな」

「えへへ、みんなでドレスやスーツをオーダーしにいくのって、初めてのことだからワクワクしちゃって」

「まあそうか」

カルタはいつもより笑顔だった。俺たちは今、馬車に二人で乗っている。

目的地は王都だ。そこでシンティアやリリスと合流する予定だが、休暇の兼ね合いで先に待ってくれている。

「そういえば、ヴァイスくんの相手はやっぱりシンティアさんだ……よね？」

「いや、その予定はない」

「え？　どういうこと？」

「俺は運営統括に立候補した。基本的に会場の警備やそれまでの進行役を務める。おそらく踊る暇はないだろう。そもそも、ダンスはあまり得意でもないし、好きじゃない」

「……そうなんだ」

なぜか残念そうにため息をつく。

ノブレス魔法学園には、海外のプロムに似たイベントがある。

生徒主催による舞踏会だ。

専用のホールを使って、食事を楽しんで、優雅に踊る。

生徒だからといって手を抜いたりはしない。

そして俺はその運営として動くことにした。

生徒たちの中では損な役回りと言われているが、俺にとっては都合がいい。

ポイントが付与されないという理由もあるが、俺は踊るのが嫌いなのだ。

ヴァイスとしてこの世界に目覚めてから修行ばかりしていた。シンティアとの出会いこそ舞踏会だったが、練習なんてほとんどしたことがない。

事実、原作でもこのエピソードはあるが、ただプレイヤーは眺めるだけだ。

とはいえ、あのときは少なからず感動した。シンティアとアレンが……まあ、今は見たくないが。

それを伝えると、シンティアは嫌な顔一つせず、笑顔で了承してくれた。

このイベントで運営の仕事は必要不可欠。

しかし婚約者である彼女を無下にすることはしたくない。

よって、ドレスを一緒に王都までオーダーしにいくことに決まった。

剣魔杯の出来事もあり、今はまだ生徒たちにも緊張感が漂っている。

それでカルタも連れて、何人かで行動しようと話がまとまった。

「シンティアさんのドレス、凄《すご》く可愛《かわい》いだろうなあ」

「だろうな。で、カルタの相手は決まったのか？」

「え、わ、私!?　決まってないよ。多分誰かと踊るとは思うけど……」

舞踏会では、事前に相手を見つけるのがいいとされている。

とはいえノブレス魔法学園では退学という制度がある。男女とも全員がきっちりペアを組むというのは難しい。

交代で踊ることになるだろう。原作とは違う面々が残っているので、多少の違いはあるだろうが。

俺は、何気なくカルタを眺めた。

ドレスが似合いそうな整った目鼻立ちだ。

なぜかマシュマロも思い出す。

「ヴァ、ヴァイスくん？　どうしたの？」

「何でもない。ただ、ドレスが似合うだろうなと思っただけだ」

「え、ええ!?　えへ、えへへ」

嬉しそうに微笑《ほほえ》むカルタ。

まあ、生徒にとっては楽しいイベントだろう。

俺以外にとっては。

「そういえばカルタは何してたんだ？」

「え？　何って？」

「夏休《エスターム》みだ。連絡を取ってなかったからな」

「あ、ええと、実家の仕事を手伝ってたよ。今年は豊作で、色々大変だったから」

「……豊作だと？」

少しだけ考えて、次の瞬間、心臓が震えた。

俺としたことが、なんて大事なことを忘れてしまっていたのだ。

「メロメロンが、今年はすごい採れたんだよね。それで、出荷先を増やすことになったんだけど、お母さんが忙しいから、私がお話しすることになって」

「…………」

「でね、今年は果実たっぷりで、すっごく甘くて美味《おい》しいの」

「…………」

「でも、なかなか大変で――あ、ごめんね!?　なんかどうでもいい話ばっかりしちゃって――」

「カルタ」

「え？　は、はい！」

「家に行こう」

「え、家？　ど、どこの？」

「決まってるだろう。カルタの家だ。そして、ご両親に挨拶をしよう」

思い出した。カルタの家は、事業の一つとしてメロメロン農業をしているのだ。

ふと記憶が蘇《よみがえ》る。

竜討伐の褒美、頰《ほお》が落ちそうなメロメロン、ミルク先生のあーん。

あのときは冷静ではなかった。記憶が混濁していたに違いない。

「な、なんで挨拶するの⁉」

「一つしかないないだろう。——娘さんを、僕にくださいと」

娘とは、メロメロンの一番美味しい収穫時期のことを指す。

原作でもとびきり美味しいのはそのときだと言われていて、一週間程度しか味わえないらしい。

するとカルタは、なぜか頰を赤らめていた。

おそらくだが、メロメロンを褒められたことが嬉しいのだろう。

我が子のように育てた果実、無理もない。

「それって……本当に言ってるの？」

「これが嘘《うそ》をついてる目に見えるか？」

俺は、まっすぐカルタを見つめた。まだ頰が赤いな。嬉しくて恥ずかしいのだろう。

手塩にかけた果実なのだから当たり前だ。何も恥じることはない。

「で、でも、突然すぎてまだ気持ちの整理が……!?」

「……確かにそうかもしれない。でも、俺は本気だ」

男は押しだ。カルタには悪いが、引くつもりはない。

「本気……なの？」

「ああ、それに言わなかったが……俺は昔から好きだったんだ（メロメロンが）」

「……え、そう……だったの？」

「ああ、その……わかるだろ。言うのが、恥ずかしかったんだ」

破滅を回避すると決めてから、俺はただひたすらに強くなりたいと願っていた。

馴れ合いも極力避けて、必要なことだけをしていた。

そんな俺が、メロメロンが好きだとは大っぴらに言えるわけがない。

だが信頼しているシンティアやリリスは別だ。それにカルタには借りがある。

だからこそ誠実に伝えるべきだ。俺は本当に、メロメロンが好きだということを。

こればかりは、自分に嘘はつけない。

するとカルタに俺の気持ちが伝わったらしい。嬉しそうに微笑んでくれた。

「ヴァイスくんの気持ち……凄く嬉しいよ」

「そうか、そう言ってもらえるとありがたい。それで、さっそく今日はどうだ？」

「ん、で、でもその準備とかあるし!?　ほら、その……ね？　わかるでしょ？」

それもそうか。こればかりは無茶《むちゃ》なことを言っているな。

一週間しか味わえない果実、そもそも出荷の都合もあるだろう。

「わかった。悪いなカルタ、突然で」

「ううん、びっくりしたけど、その……私も……好きだったの……」

何を今さら当たり前のことを。だが、あえて告白したくなるほどの美味しさなのだろう。

「そうか。お互いに同じ気持ちだったんだな（メロメロン愛）」

しかし、カルタは幼いころからメロメロン農業に携わってきただろう。そんな俺と彼女では、好きのレベルが違うのではないだろうか。

「でも、本当にいいのか？　俺みたいな奴《やつ》でも」

「……うん。私はヴァイスくんがいい」

「そうか。重ねてありがとなカルタ」

「だ、大丈夫！　でも、その……シンティアさんはいいの？」

カルタが心配してくれている通り、確かにシンティアもメロメロンが好きだ。

俺の影響ではあるが、黙って食べにいくと怒られるかもしれない。

しかし数は少ないはず。シンティアには悪いが、俺からきちんと説得しよう。

「話せばわかってくれるはずだ。俺が好きなのは前から知ってるからな」

「え、そ、そうだったの⁉　えへへ……なら、大丈夫だよね。うん、わかった」

何だかめちゃくちゃ嬉しそうだ。俺も釣られて笑顔になってしまった。

カルタは本当にいい奴だな。ああ、楽しみだな──。

「きゃぁっ」

そのとき、馬車が大きく揺れた。カルタが倒れそうになり、咄嗟《とっさ》に身体を掴《つか》んだ。

「あ、ありがとう⁉」

「気にするな。それより、油断するなよ」

魔物の気配はないが、厄災のことを思い出す。

しかし外に出ると、それは杞憂《きゆう》だとすぐにわかった。

車輪が寿命だったらしく、主軸が折れてしまっていたのだ。

すると、カルタが魔法の杖を取り出した。

「ヴァイスくん、待ち合わせ時間もあるし、このまま行かない？」

「……その意見には賛成だが、俺はどうするんだ？」

「え？　あ、その、後ろに乗ってもらおうかと……」

俺のプライドに気づいたらしいカルタが、慌てはじめる。だが俺には王都まで飛ぶのは不可能だ。

「いや、気にするな。それがいいだろう。──その前に、一言ちゃんと伝えておく」

俺は、従者に申し訳ないと頭を下げた。もちろんこっちに非はないのだが、紳士として当たり前のことだ。

カルタの後ろに乗ると、彼女がふふふと笑っていた。

「やっぱりヴァイスくんって、いい人だよね」

「ん？　何か言ったか？」

「な、何でもない！　じゃあ、行くよ！」

おう、と返事をする暇もなく、次の瞬間、勢いよく飛び上がる。

慌てて肩を掴んだが、カルタが「ごめんね⁉」と謝ってきた。

笑ってしまいそうなほどの飛行技術だ。

彼女でなければ、生涯をかけても到達できないほどの。

いや、それにしても凄すぎないか？

そうか……彼女も努力しているんだな。

ありえないほどの絶景が広がっていた。

自然の美しさの粋《すい》を集めたような谷や崖、緑いっぱいの森と水路。

「綺麗《きれい》だねえ」

「だな」

このあたりの自然に目を向けたことはなかった。案外、知らない景色もあるってことか。

「ねえ、ヴァイスくん」

「なんだ？」

「気が向いたらでいいから、シンティアさんと踊ってあげてほしいな。きっと、待ってると思うから」

「……考えておく」

ほんと、カルタはいい奴だな。

しばらく飛行したあと、王都がようやく見えてきた。

飛行禁止エリアがあるので、近くに降り立つと、カルタが額に汗をぬぐっていた。

一人で飛行するのも難しいはずだ。二人だともっと大変だっただろう。

頭に手を置くと、えへへと微笑んだ。

「それと、改めてよろしくね。シンティアさんにも改めて挨拶しないとね」

「ん、ああ？」

なんか、婚約の挨拶みたいだな。


王都の入り口に到着すると、既にシンティアとリリスが——ん……？　なんであいつらが……。

「ヴァイス、馬車で来る予定ではなかったのですか？」

「途中で車輪が壊れたんだ。それで、カルタに乗せてもらった」

「そうなのですか？　ご無事で何よりです。カルタさん、ありがとうございました！」

「い、いえ！　こ、こちらこそ！」

「こちらこそ？」

シンティアが首を傾《かし》げて、カルタは申し訳なさそうにしていた。

するとそこで、リリスが元気よく叫んだ。

「ご無事で何よりです！　さあ、行きましょうか！　みなさん！」

「だな！　俺はオーダージャねえともう入らなくてよお」

「僕は初めてだから楽しみだな」

「私は久しぶりだね。セシルさんは？」

「舞踏会に出るのもドレスも久しぶりだわ。だから、楽しみね」

そこにいたのは、なぜかいつもの面子だった。

デュークとアレンとシャリーが、当然であるかのように歩きはじめている。セシルはいい。彼女がいることに何の不満もない。

だが、なんでこいつらが……。

「ヴァイスを心配してくれていたのですよ。アレンさんが、良かったら一緒にどうですかと」

「どういう意味だ？」

するとシンティアが、俺の心を見透かしているかのように言った。

「剣魔杯で随分と身体を酷使したでしょう？　だからですよ」

彼女の言う通り、俺の魔力はまだ全回復ではない。

癒やしの加護《ヒールライト》と破壊の衝動《ダークライト》を限界まで酷使した代償だ。日に日に力は戻ってきているが、それでもまだ時間がかかる。

アレン如《ごと》きが俺の心配だと？　……気にくわないな。

「ヴァイスぅ！　運営統括なんてやめてよぉ！　俺と一緒に踊ろうぜ！」

「俺の肩に触れるなササミ。そもそも、男と踊る趣味はない」

「だったら、シンティアと踊ればいいじゃねえかよお！」

こいつ、痛いところをついてきやがるな。幸い彼女はシャリーと話していて耳に入っていないみたいだ。

何度か説得されたが、意思を変えるつもりはない。

……俺は踊るべきじゃない。

「人前で踊るのって楽しいのになあ」

「……アレン、どういうことだ？」

「え？　何が？」

「なぜお前がそんなことを言う？」

平民のこいつが貴族御用達《ごようたし》の舞踏会が好きだと？　いや、原作で確かにアレンは踊っていた。

……そうか。

「元々お祭りとか好きだったからね。昔はよく、家族みんなで夏になるとお祭りに行ってたし」

アレンは辺境の村の生まれだ。原作では詳しく描かれていなかったが、そんなこともあるか。

いや、それより——。

「……思い出させて悪かったな」

「ふふふ、気にしないで」

ノブレスの舞踏会は参加が生徒主体ということもあって、服装に細かい規定はない。

女性の場合、丈は長すぎず短すぎず、色は当人に似合えばいい。男性はタキシードかスーツを着用する。

といっても、俺にはよくわからないが——。

「シンティア、このマーメイドドレスはどうだ？　シルエットの広がりで綺麗なのが特徴的だ。きっと似合うだろう」

「確かに、凄く可愛いですわ」

「リリスはボールガウンドレスが似合いそうだな。スカートの広がりがふんわりとしていて、よく似合う。セシルは身長を生かしたスレンダードレス、カルタは王道のＡラインドレスがいいだろう」

王都の仕立て屋に移動した俺たちは、ドレスを見ながら適当に見繕っていた。

最終的にオーダーではあるが、色味や形、細かい部分は店で確認しなきゃならない。

貴族御用達ということもあって値は張るが、生地の質がかなり良いみたいだ。

「あのお客様、かなり詳しいみたいです。決して粗相のないように！」

「「はっ！」」

ん？　なんだ、やけに統制の取れた店だな。

アレンはデュークと二人でスーツを見ていた。ったく、紳士的な行動はあいつらにはまだ早いか。

「シャリー」

「ん、どうしたの？」

「このドレスはどうだ？　お前に似合いそうだ」

飾られていたこのドレスは、オフショルダーになっていて、顔周りが白く見えて、笑顔がよくわかる。

色はオレンジで柔らかみがある。

少しだけ恥ずかしそうに、シャリーは手に取った。それから姿見で合わせる。

「……ちょっと肩出すぎじゃない？」

「そんなことはない。お前は鎖骨のラインが綺麗だからな。これくらいでも問題はないだろう。といっても、感情は大事だ。こっちはどうだ？　もう少し控えめだ」

するとシャリーは、少しだけ驚いていた。それから静かにドレスを手に取ると、ふたたび合わせて、微笑んだ。

「気に入ったか？」

「ふふふ、そうだね。こっちのほうが好きかも」

ったく、相変わらず笑顔が似合う奴だな。

そして俺は、デュークと戯れているアレンの首を摑んで引っ張った。

「え、な、な、なに!?」

「ちゃんと見ろ。お前の役目だ」

「え、ど、どういうこと!?」

慌てるアレン、だがドレスを合わせている姿のシャリーを見て、動きが止まった。

ったく、なんで俺がこいつらの世話を焼かなきゃいけないんだ。

できるだけ物語の本筋を動かしたくない。

シンティアが俺といる以上、こいつには相手がいるからな。

するとササミが、物欲しそうに俺を見ていた。なんだ、お前は一人でいいぞ？

「ヴァイス、俺のスーツも……」

「……そっちか。お前はこれにしとけ」

「ちょっ、今それ、適当に取っただろ⁉　それにちょっとデカいぜ⁉　ちゃんと見てくれよ！」

「これは腕の幅がデカい。お前の筋肉は日々成長している。舞踏会までの日数を計算するとちょうどいいだろう」

「て、天才ヴァイス・ファンセントだ……」

「今さらか？」

それから試着もするらしく、シンティアたちがカーテンの奥へ入っていく。

まだドレスは見せたくないとのことで、外で待機だ。

アレンとデュークはネクタイを見にいくらしく、俺だけが待っていた。

すると、どうにも困った声が聞こえてくる。

「シンティアさん、ものすごく大きくなってませんか？」

「実はそうなのですわ。魔力に比例すると聞きましたけれど、本当なのかもしれませんね。リリスは形がすごくお綺麗ですわ」

「えへへ、ありがとうございます！　あ、シャリーさんの下着、凄く可愛いですね！」

「そう？　この色、好きなんだよね。でも、カルタさんのデザインのほうが好きだな。大人っぽくて。それに、やっぱりおっきいねえ！」

「シャ、シャリーさん⁉　な、何してるんですかあ⁉」

「これは触り心地がいいねえ。ひとつどうですか、セシルさんも」

「ふふふ、あなたたちは本当に仲良しね。でも、私もちょっと気になってたのよね。カルタさんの胸の柔らかさがどのくらいなのか」

「セ、セシルさんまで⁉　んっ、あぁっ、ちょっと⁉」

ついこの間まで厄災で命がかかっていたとは思えない奴らだな。

いや、だからこそ強いとも言えるか。

そのとき、カーテンが突然に開いた。

「んあっ⁉　ヴァ、ヴァイスくん⁉」

俺の目に飛び込んできたのは、たゆんたゆんが溢《あふ》れている、いやこぼれている薄いピンクの下着姿のカルタ。

それを心配して後ろから現れたのは、赤い下着のシャリー、純白のセシル。

そして――。

「ヴァイス、後ろを向いてください」

「ヴァイス様、ダメですよ！」

黒い下着姿のシンティアと薄いブルー下着姿のリリスだった。

たゆんたゆん、ああたゆんたゆん、たゆんたゆん。

◇

「ヴァイス様、カーテンはこの色味でいいですか？」

「ああ、それで構わない。照明は――」

「はい！　既に外注してるので、明後日には届くと思います」

「そうか」

後はオーダーしたドレスやスーツが届くのを待つばかり、ではなかった。

舞踏会の準備でやることは山ほどある。

ノブレス魔法学園の最奥、舞踏会に適した大きなホール。

そこで、俺たちは忙しくしていた。

ここは普段から使われているわけじゃない。イベントごとに内装もすべて入れ替える。

生徒の主体性を重んじるこの学園では、あえて一からの設営も勉強ということだ。

装飾はもちろん、飲食物も準備しなきゃいけない。

またこれは、下級生による上級生へのおもてなしも兼ねているのだ。

伝統行事に近いと言えばわかりやすいだろう。

「はい。そちらは管理していますわ」

そしてシンティアも、運営という立場ではないにもかかわらず、補佐として俺を支えてくれていた。

相変わらずの忠誠心に、頭が上がらない。

二人とも人当たりが良く、持ち前の明るさもあって、誰からも好かれている。

本当に、俺にはもったいないくらいだ。

するとそこに、ふらりと最強が現れた。

銀髪のストレートヘア、透けるような乳白色の肌、西洋人形を思わせる端正な顔立ち。

――エヴァ・エイブリーだ。

「今年は一段と気合が入っているわねえ」

どうやらお気に召したようだ。彼女が歩くだけで、生徒は自然と目を向ける。

強さだけじゃない不思議な魅力というか、何とも言えない妖艶さが感じられる。

もちろん、溢れ出る魔力があってこそだが。

「そう言っていただけて光栄です」

「あら後輩くん。相変わらず頑張ってるらしいじゃない。無理しないでねえ」

「ありがとうございます。警備もしっかりしてもらえる予定なので、問題はないと思いますが。もしかしたら――」

「ふふふ、大丈夫。何かあれば、私もいるから」

厄災がふたたび起こるとは考えづらい。だがエヴァの支援は欲しいと思っていた。

直接頼みにいくつもりだったが、どうやら最後まで言わなくてもわかってくれたらしい。

「可愛いドレスを手に入れたのよね。今年もクイーンを狙おうかしら」

舞踏会の最後に、最も綺麗だった女性にはクイーンの称号が贈られる。男性はキングだ。

去年はエヴァだったらしい。曰く、恐ろしいほど綺麗だったとか。

「楽しみにしています。ただ俺は、シンティアを応援していますが」

「妬《や》けるわねえ。――それじゃあ、またね」

さて、引き続き頑張るとするか。

◇

それから何日か経過した。

いつもの授業と並行して、舞踏会の準備を進めていく。

俺は運営統括として頑張っていたが、シンティアやリリスも力を貸してくれていた。

相変わらず頭が上がらない。二人には、またお礼をしなきゃいけないな。

あとは、当日を待つばかり——とは残念ながらならなかった。

「それは仕方ないな。代わりの手配はできそうもないのか？」

「何人か当たってみましたが、舞踏会のプログラムが複雑なのと、踊るのを楽しみにしている方もいらっしゃいますので、断られてしまいました」

当然だが、舞踏会に音楽はつきものだ。

この世界にはレコーダーといった気が利いたものはなく、音楽は人が奏でるもの。

そして今回、一番重要なピアノ演奏者の身内に不幸があり、急遽《きゅうきょ》参加できなくなった。

一曲や二曲ではなく、様々なセッションも必要な重要な役目。

外部の人間を雇うこともできなくはないが、生徒主催のイベントだ。ただでさえノブレス魔法学園の内部情報は秘匿されている。

学園長に頼めば了承してもらえるだろうが、それは最終手段にしたい。

「わかった。俺が何とか考えてみるよ。ありがとう、リリス」

「いえ、とんでもございません。それとシンティアさんのドレスが届いたんですよ。めちゃくちゃ綺麗でしたよ！」

満面の笑みで、リリスがガッツポーズ。俺を元気づけてくれているのだろう。

俺が運営側にいるということで、少なからず不安に思っている奴もいるはずだ。

まだまだ悪評はある。真実はともかく、無意味な嘘は削ぎ落としておいたほうがいい。

「楽しみにしておく。シンティアはドレスがよく似合うからな」

とはいえ、ピアノの演奏者といえば、一人しか思い浮かばなかった。

原作では誰とも関わらずに卒業していった天才。

だからこそ今回の舞踏会にも不参加だが。

さて、まずは出会いが肝心だな。


上級生の棟は、下級生の棟とほとんど変わらない。

だが教室から伝わってくる魔力は、やはり尋常ではなかった。

「あいつがヴァイスか、確かに強そうだな」

「そう？　まだ子供じゃない？」

「思ってたよりも可愛いわ」

俺は、上級棟に来ていた。

廊下や教室の景色は変わらないが、生徒たちの魔力レベルはケタが違う。

それに、俺を可愛いだなんて言えるほどの余裕も感じられる。

まあいずれ戦う機会もあるだろう。

そして俺の読み通り、いや、原作通りと言うべきだろう。

並んでいる教室の一番奥、音楽室からピアノの演奏が聞こえてくる。

俺は音楽には疎い。だがそれでもわかってしまう。

心を揺さぶられるような調和の取れた音、心地よいメロディ。

気づけば教室の外で、一曲まるまる立ち聞きしてしまった。

はっ、原作なんかよりもずっと凄いんだな。

「何か用」

ピアノがピタリと止《や》み、淡々とした声が聞こえた。

邪魔をしないように魔力は抑えていたが、さすが上級生だ。

まだまだ未熟だったらしい。扉を開ける、まずは頭を下げた。

「すみません。邪魔をしてはいけないと思って、声をかけられませんでした。それと、あまりにも良いピアノの音だったので」

下級生にここまで言われたのなら、普通は申し訳なく思うだろう。

だが――ノブレス魔法学園の上級生、キャロル・スタンウェイは、冷徹な目で俺を睨《にら》んだ。

原作通りのグレーがかった長髪、黒いカチューシャ、手は白く長く、水晶のような青い瞳をしている。キャロルは、ノブレスで知らぬ者はいないほど有名な音楽家だ。

スタンウェイ一家の長女と言えば有名で、幼い頃からピアノ、フルート、トランペット、チェロといった数々の楽器に精通している。

ひとたびコンテストに出れば、優勝トロフィー《クリア》は必ず彼女の手に渡る。

特筆すべきはピアノだが、驚くべきなのはそれだけじゃない。

【音】を使った魔法が彼女の得意技だ。声を震わせての音波攻撃は、防御でも防ぐことができない。

もちろん成績もトップクラス。

しかし彼女はセシル以上に他人を寄せ付けない。

幼い頃から妬まれていたらしく、人が嫌いなのだ。

しかし、舞踏会のプログラムをすべて完璧にこなせるのは彼女しかいない。

「演奏はしないって、何度言ったらわかるの？」

だがその言葉に、俺は眉を顰《ひそ》めた。まだ何も言っていない。なのに、なぜ――。

「もしかして、俺の前に誰か来たんですか？」

「ビオレッタの令嬢は、あなたの婚約者でしょ？　それくらい知ってるわ」

そういうことか。俺に負担をかけまいとすぐに動いてくれたのだろう。しかしまさか入れ違いになるとはな。これでは怒るのも無理はない。

「いい加減にして――」

「申し訳ありませんでした。ただその事を存じていなかったのです」

「そう……わかったのなら出ていって。勘違いしているかもしれないけど、別に私は音楽が好きなわけじゃないの。今日は、次のコンテストで賞金が出るから、プログラムの確認をしてただけよ。もう現れないでちょうだい」

そう言いながら、キャロルは音楽室を後にした。

交渉は完全に失敗だな。しかし俺の事は知っているだろう。なのに、ファンセントに対する軽蔑は一切なかったな。

何気なくピアノに近寄ると、小さく光っている物を見つけた。

「……指輪か」

彼女の忘れ物だろう。おそらくピアノを傷つけないように外したのか。

音楽のために仕方なく、というなら、こんなことはしないはず。

「悪いな先輩。俺は、ファンセント家は、諦めが悪いんだ」

放課後、中庭で歩いていると、視界の先、キャロル・スタンウェイが俺を睨んでいた。

そのまま、ドシドシと歩いてくる。

さて、第二ランドだ。

「私の指輪、知らない？」

「知ってますよ。忘れ物にすぐ気づいたので」

「そう、なら返してくれるかしら？」

「はい。でも俺はあの後、教室まで行きましたよね。なのに、何も聞かずに帰れと言われました。だから、今は自室にあります」

「なら取ってきてもらえる？」

「構いませんよ。──その代わり、謝ってもらえますか？」

「──な、なんで私が⁉」

「忘れ物を届けようとしただけの下級生に、帰れと冷淡な言葉を浴びせたことをですよ」

俺の顔は、どう見てもショックを受けたとは思えないものだろう。だがこれでいい。俺は、ヴァイス・ファンセントだ。

正攻法で臨んでもキャロルの気持ちが変わるわけがない。

手段は選ばない。

俺は、俺のやり方でいく。

「……嫌よ」

「え？」

「もういい。それじゃあ」

そういうと、キャロルは去っていく。まさかこうなるとは思わなかったな。

……俺は、背中越しに声をかけた。

「おそらく先輩で間違いないとは思いましたが、念のため、学校の規定に乗っ取って職員室に届けています。時間と場所を伝えたら返却してもらえると思いますよ」

キャロルは足を止めていた。

そして、振り返らずに、小さな声で。

「……大切なものだったのよ。ありがとうね」

それだけを言い残して去っていった。

さて、振り出しに戻ってしまったな。

とはいえ、あそこまで怒らせたらもう話すこともしてくれないだろう。

外部の人間に頼むしかないか——。


「メロメロンの追加、してあげてください。こちら、私のランクです」

「え?」

翌日の昼休み、食堂にて。

日替わり定食を頼んでいたら、突然横から声がした。

灰色がかかった長髪、キャロル・スタンウェイ——先輩だ。

ノブレス魔法学園の食堂は、ランクによって追加メニューが解放される。

俺は下級生ではトップクラスだが、彼女は上級生、しかも、さらにランクが上位だ。

というか、メロメロンだと⁉　それが追加できるなんて知らなかった。

そもそも俺の好物だと知っていたのか？　いや、それより――。

「どうしたんですか」

「先輩として、人として、ただ借りを返すだけよ。別にそれ以上の感情はないわ」

「そうですか。だったら、遠慮はしませんよ」

断る理由なんてない。

その迷いのなさに、キャロルは少しだけ微笑んだかのように見えた。

ハッ、知っていたのか。それを理由に断ることもできただろうに。

「生意気な後輩ほど可愛いって言いませんか？」

「ふふっ、まあいいわ。――席、取っておいて。できれば窓際、誰も寄り付かなそうなところで」

「え？」

「後輩は、先輩の言う事を聞くものでしょ」

「……わかりました」

どういうことだ？　わけがわからない。だが、おとなしく言うことを聞いた。

シンティアとリリスは、ドレスの着付けの練習を自室でしている。

幸いアレンたちもいない。

窓際で待っていると、両手に定食を抱えたキャロルがやってきた。

急いで立ち上がり、彼女から受け取る。

「気が利くわね。ありがと」

「いえ、とんでもないです。——いただきます」

メロメロンといえども、産地は様々だ。状態によって味も変わる。

一口食べると、濃密な糖度が、俺の舌を喜ばせた。

思わず興奮していると、笑い声が聞こえてくる。

「ふふ、案外子供なのね。ノブレス始まって以来の鬼人って噂だったけど、どうやら違うみたい」

「…………」

鬼人ってなんだ？　てか、俺が子供扱いされるなんて久しぶりだな。

いや、実際に子供ではあるが。

「冗談よ。気にせず食べて。メロメロン、美味しいわよね」

キャロルは小食らしく、小盛りのパスタを食べていた。食べ方が綺麗で、好感が持てる。

そのとき、白くて長い指が、ただそれだけではなく、ひび割れていることに気づく。

才能だけでピアノが上手なわけじゃない。それが、一目見てわかった。

……ダメだな俺は。原作を鵜呑《うの》みにするなといつも自分に言い聞かせているのに、すべてを知った気でいる。

そう思うと、やはり俺はかなり失礼なことをしたと気づく。

キャロルはノブレス魔法学園の生徒だが、プロと遜色のない、いやそれ以上の逸材だ。

まずはキチンと契約、金銭についてもしっかりすべきだった。たとえ生徒主催のイベントとはいえ、そのあたりができていないのでは断られて当然だ。

「運営統括をしてるんだって？　それに、踊らないって聞いたけど」

「……なんで知ってるんですか？」

「上級生は何でも知ってるのよ。それより、なんで自分は踊らないのに私に頼んできたの？　ポイントにもならないでしょ」

「そうですね……なんでだろうな」

自分でもよくはわからなかった。ただ、運営としての仕事を勤め上げたかったのだ。

いや、それだけじゃないか。

「楽しそうだったからですよ。俺以外の奴ら、みんながね」

気づけば本音が出ていた。普段はこんなことを言わない。だが、これが真実だった。

外部の人間を入れることはできる。だがそれだとせっかくの舞踏会が伸び伸びとできないかもしれない。

キャロルは不思議そうにしていた。それから、少しだけ微笑む。

「ふうん、案外優しいんだね。鬼人くんは」

「そのあだ名……誰が言いはじめたんですか？」

「秘密。音楽は好きなの？」

「どうでしょうか。普段から聴くタイプではないです。でも、キャロル先輩のピアノには心を奪われましたよ」

「ふふふ、生意気」

何だ、こんな笑い方もできるのか。

一人のプロとしてキャロルに頼もうと思ったが、その前に釘《くぎ》を刺された。

「運営は大変だと思うわ。私も音楽をしている立場だし、裏方の人には敬意を払っている。でも、演奏はしない。残念だけど、それは伝えておく」

この前と違って、キャロルはどこか申し訳なさそうだった。とはいえ、仕方ない。

ただ俺は、もう一つの自分の感情に気づく。もう一度、あのピアノの演奏が聴きたくなっていたことに。

「ご馳走様《ちそうさま》は食堂の人に言ってちょうだい。舞踏会、上手《うま》くいくといいわね。それに、指輪本当にありがとう。これは、私の友達が忘れていったものなの。いつか……返さなきゃいけないものだったから」

少しだけ悲し気にそれだけを言い残して、キャロルはふたたび去っていく。年齢はそう変わらないのに、上級生ってのはやけに大人びているな。

案外、年上も悪くな――。

「ヴァイス、誰を追いかけているのですか」

「シ、シンティア」

「ヴァイス様、キャロル先輩と仲良くなったんですか⁉」

いつのまにか真横にシンティアとリリスがいた。いや、周りからの視線もある。

「キャロルが後輩とご飯だなんて、初めて見たぜ」

「さすがだな。ヴァイスは女たらしの才能もあるのか」

「一体どんな手を……クソ、俺もキャロルとご飯を食べたい」

どうやら同じ上級生からすれば、とんでもない偉業を達成していたらしい。それに気づかなかった俺も俺だが。

シンティアに事の顚末《てんまつ》を話そうとしたが、既に気づいていた。

「ダメでしたか？」

「……ああ、やはり演奏したくないそうだ。幸い時間はある。外部に頼むとするよ」

「仕方ないですよね。ヴァイス様は一生懸命頑張っています！　私はいつも凄いなと思っています！　凄いです！　褒めます！」

「……ありがとな」


舞踏会があるといっても、通常の授業がなくなったわけじゃない。

今日は珍しく上級生の魔法見学だった。

ありとあらゆる技術を惜しげもなく披露してくれている。威力よりも、その卓越した技術に驚く。

正直言えば、ほとんどの連中に俺は勝てるだろう。だがそれは純粋な戦闘力だけの話だ。

魔法はジャンケンみたいなもので、状況によって勝敗が変わる。

そしてそれを、目の当たりにした。

「――【音】の魔法」

模擬戦闘で、キャロルは恐るべき魔法を放った。

それは攻撃でも、防御でもない。


――魔法を完全に消し去ったのだ。


「すげえ、今、消えたよな？」

「どうやったんだろう」

「わかんないな。さっぱりだ」

音と音がぶつかり合うと相殺されることを本能的に知っているのだろう。

だがそれを魔法で行う圧倒的なセンス。

現代知識がないにもかかわらず、独自の感性で編み出したに違いない。

まるでエヴァ・エイブリーを見ているようだ。

「――どう？　凄いでしょ？」

するとキャロルは、俺を見てそう言った。少しだけ不敵な笑みで。

「今、キャロル先輩、俺を見て微笑んだぞ！」

「違う、俺だ！」

「いや俺だ。俺の筋肉を見たんだ、なあ、アレン⁉」

「それはないと思うよ」

どうやら、後輩からの人気も高いらしい。


結局、代わりのピアニストは見つからなかった。それもそのはず、ピアノを演奏するということは、舞踏会に参加できないということだからだ。

よって、学園長には許可を取った。

外部の人に頼む書類を作っていると、ピアノの型番を記載する欄を見つけた。

舞踏会で使用するのは、上級棟の音楽室のピアノだ。

深夜。許可を取るために教員に頼むと朝になってしまう。

今のうちに魔法鳥を飛ばしておけば朝には着く。すべてを滞りなく行うには、できれば今日済ませておきたい。俺は少しだけ悩んで立ち上がり、窓を開けた。

「……ま、これくらいいいだろう」

勢いよく飛び降りると、不自然な壁《アンナチユラル》を空中に展開し、そのまま音楽室へ向かった。

あらかじめ音楽室の鍵はもらっていた。開いていた窓から侵入して、音楽室の鍵を開ける。入棟許可はないが、バレなければいい。

夜の音楽室といえばホラーの定番だ。

だがキャロルの顔がちらついて、そんなことは一切思わなかった。

だがここでまた問題が起こった。

ピアノを調べてみたが、型番がどこに書かれているのかがわからない。思わぬ落とし穴に困っていると、鍵盤に指が当たってしまう。

ターンと音が響き、俺の心臓が恐ろしく震えた。上級生の棟とはいえ、寝泊まりしているのは別の場所だ。

流石《さすが》に聞こえないだろう。とはいえ、気を付けなければ。

それからも探してみたが、一向に見つからない。

おとなしく戻って、明日の朝に頼むか——。

「ピアノ泥棒」

すると後ろから声がした。あわてて振り返る。そこにいたのは、キャロル・スタンウェイ。

「え、ええと、こ、これはその——」

「わかりづらいでしょ。型番は、大屋根を開けた内部にあるのよ」

静かに歩み寄り、まさかの場所を指差した。

こんなところに……。もっとわかりやすいところにしてくれればいいものを。

というか、なんでわかったんだ？　これが、ノブレス上級生、トップクラスの頭脳ってわけか。

「それで、メモはしないの？」

「……します」

余計な事は言わず、言葉に甘える。

キャロルは制服ではなく、ちょっとしたラフな恰好《かっこう》だった。

もしかして起こしたのか？　いや、そんなわけないか。

「もしかして音楽室の幽霊ってわけじゃないですよね？」

「そんなわけないでしょ。ピアノの音だけは、どこにいてもわかるわ」

「……嘘ですよね？」

「嘘に決まってるでしょ。眠れなくて外を歩いてたら、たまたま聞こえてきただけ」

さすがにそうか。何となく、ほっと胸を撫《な》で下《お》ろす。

無事にメモしたところで、俺は鍵盤の扉を閉めようとした。

しかしなぜか、キャロルがそれを許さない。

「ちょっと弾いてみてよ」

「え？　どういう意味ですか……？　それに、今……？」

「そうよ。この状況で明日なわけないでしょ？」

いや、それもそうだが、ピアノなんて弾けるわけがない。

そもそも、誰かに聞こえたらマズい。

すると突然、キャロルは指をパチッと鳴らした。

ピアノと俺たちを囲む透明な防御が瞬時に展開される。

これは、音の——壁か。

「これで聞こえないわ。ほら、私を起こしたんだから、それくらいして」

「いや、起きてたのでは……」

「いいから。簡単なものくらい弾けるでしょ？」

そうは言っても、俺が弾けるのは本当に大したことのないワンフレーズだけだ。

天才音楽家を前にして怒られないか？

だが、ここで弾かないという選択肢が取れないのも事実。

諦めて手を置く。ったく、どんな羞恥プレイだ……。

「笑わないでくださいよ」

「もちろん」

だがその数秒後、俺のピアノを聞いたキャロルは、くすりと笑った。

「約束と違いますけど」

「これはいい意味で笑ったのよ。案外弾けるじゃない。これ、なんて曲？」

「『ねこふんじゃった』です」

「え？　今なんて？」

「『ねこふんじゃった』という曲です」

するとキャロルは、明らかに眉を顰めて嫌悪感を抱いていた。そう言われてみればかなり不謹慎なタイトルだ。いや、でも俺が作ったわけじゃないんだが……。

マズいな。何か話題を変えないと。

「じゃあ、次、聴かせてくださいよ」

「え？」

「俺だけ恥ずかしい思いするなんてズルいでしょう。それに、もう一度聴きたいと思ってたんです」

「……それ、本当に言ってる？」

「嘘はつかないです。基本的に」

「ふふふ、生意気」

今日は機嫌が良いのか、それとも俺の『ねこふんじゃった』がよっぽど気に入ったのか、
俺の代わりにキャロルは椅子に座った。

しかし彼女は、鍵盤に手を触れただけで、動かそうとはしなかった。

どこか思いつめた表情をしている。それから——。

「一つ、聞いていいかしら。真面目な話よ」

「得意ですよ」

「茶化《ちゃか》さないで」

「……わかりました」

「誰かを退学にしてしまったこと、後悔したことはない？」

その質問は、かつてのカルタとの会話を思い出した。

俺は、彼女の親友のポイントを全損させた。

ある日、直接訪ねたことがある。俺を、恨んでないか？　と。

だがカルタはまっすぐな瞳で答えた。

正々堂々と戦ったのなら、誰も悪くない、と。

別に落ち込んではいなかったが、肩の荷が下りたかのようだった。

それ以来、俺は気にしたことなんてない。

上級生となれば、多くの出来事を経験しているだろう。個人戦、タッグ戦、チーム戦。

望まない結果も多くあったはず。事実、成績優秀でも自ら退学を選んだ生徒はいる。

とはいえ、これは俺の話だ。キャロルが何を思い、何を感じているのかはわからない。

どう伝えるべきか困っていると、キャロルは手を動かしはじめた。

そしてひとたびピアノの演奏が始まると、申し訳ないが、すべて頭から消え去ってしまった。

「……凄いな」

頭をぶん殴られたような衝撃だった。繊細なメロディから始まり、豪快なタッチで曲が奏でられる。

これからは音楽に興味がない、なんて口が裂けても言えないだろう。

それほどまでにキャロルのピアノは俺の心を揺さぶった。

それにこんな特等席で聴いた奴なんて、後にも先にも俺だけなんじゃないか。

「――どうだったかしら？」

「月並みな感想しか言えませんが、最高でしたよ」

「ふふふ、やっぱり生意気」

同時に俺の中で尊敬と疑問が湧いてきていた。

音の魔法は、控えめに言っても血がにじむほどの努力が必要だろう。

さらには音楽にだって同じくらいの力を注いできたはず。

強者ってのは傲慢だ。もちろん例外はあるだろうが、キャロルはそれとはほど遠く見える。

才能があるなら、それに対しての自信もあるはず。

だがどこか弱々しく見える。

「……生意気ついでに、ちょっと時間ありますか？」

ノブレス魔法学園の屋上は、視界が遮られるものがない。

空を見上げると満天の星が姿を現している。

不自然《アンナチユラル》な壁で駆け上がった俺たちは、空を眺めていた。

「立ち入り禁止の場所に足を踏み入れるのが、あなたの得意技？」

「縛られるのが嫌いなんで」

「あら、私と同じね」

原作のキャロルは、誰とも関わらず、ただ静かに強者として卒業していった。

当然だが、俺は上級生になった彼女しか知らない。

断られたあと、俺は別の上級生から驚くべき話を聞いた。

何と、彼女は元々社交的で、それでいて後輩の面倒見も良かったらしい。

しかしある日、性格が変わったかのように心を閉ざした。

そしてそんな彼女の想《おも》いが、さっきの質問に詰まっているかのように思えた。

答えはわからない。だが、俺の想いは伝えることができる。

「さっきの質問ですが、後悔しなかったわけでないです。でも、覚悟を決めてからは、しなくなりました」

俺は、キャロルの質問に嘘偽りなく答えた。彼女は驚いていたが、それがすぐにわかったらしい。

入学式、偉そうにも全員を叩《たた》き潰《つぶ》すと言ったのに、死ぬはずのシャリーを助けた。だがこれもすべて俺の選択だ。

それを今さら後悔なんてしない。

返事は返ってこなかったが、ほどなくして、キャロルが静かに口を開いた。

「私はね、親友と一緒にこの学園に入学したのよ。私よりもピアノが上手で、それで、魔法も上手だった」

「先輩よりですか？　よっぽどですね」

「そうね。でも、私が彼女を退学に追い込んだ。チーム戦だった。卑怯《ひきょう》なことはしなかった。正々堂々とポイントを賭けた。それで、私は勝った。負けたくなかった。その日まで私は後悔したことなんてなかったし、こんな気持ちになるなんて思わなかった。彼女は笑顔で去っていった。それから一度も連絡は来ていないわ」

……何も言えなかった。ただ、俺は静かに聞いていた。キャロルは、続ける。

「どうしたらよかったのかわからないまま上級生に上がった。それから何人も退学に追い込んだ。でも、心は痛まなかったのよ。私の心が痛んだのは、親友を落としたときだけ。それで気づいたの。私は、結局自分の事しか考えていなかった。親友がいなくなって、自分が寂しいだけなのよ。それが、わかったの」

それですべてが繋《つな》がった。親友を退学させたことでいたたまれなくなったのだ。

そして、自分を責めている。こうしてみると、あの高圧的な彼女はどこにもいない。

ということは、今この状態が、本当のキャロル・スタンウェイか。だが――。

「弱虫ですね」

「……今なんて――」

「自分で退学に追い込んでおきながら悲しみに浸るなんて卑怯ですよ。そう思うなら自ら退学する手もあった。でも、それを選ばなかったのは自分でしょう」

俺の言葉に、キャロルは目を見開いていた。怒りすら感じられる。だが、すぐにその気配が消えていく。

「……あなたの言う通りだわ。私は卑怯で、最低で、最悪な女よ。……ありがとう、目を覚ましてくれて。ふふふ、バカみたい――」

「違う」

「……え？」

「俺が言いたいのは、これから強くなればいいってことです」

「……強くって」

「誰だって初めは弱いです。俺だって、多くの力を借りてここにいる。それは、弱さを受け入れたからです。キャロル先輩、あなたは凄いですよ。音の魔法もピアノも。でも、それは努力で得たものでしょう。だったら、自分を否定しないでください。もっと誇ってください。正々堂々と勝利した自分を、あなただけは褒めてあげてください」

ノブレス魔法学園では、生徒全員が死力を尽くしている。勝った、負けたなんて日常茶飯事だ。

勝者は誇り、敗者は次の試合で雪辱を期す。それが礼儀であり、過去の自分を肯定する行為だと俺は思っている。

初めは何もできなかった。だが今は違う。思い通りに身体を動かすことができる。

魔法を詠唱することができる。剣を振ることができる。

俺はすべてを改変する。破滅を——回避してやる。

そのためには、自分を誇るべきだ。過去も、今の自分も。

ただ、言ってから後悔した。

相手は上級生、俺は下級生。こんな事を言ったら、さすがに腹立たしいだろう——。

「ふふふ、あははは、ふふふふ、あなたってほんと生意気ね」

するとキャロルは、思い切り笑った。今まで見せたことのない穏やかな表情で。

それも大きく口を開けながら、盛大に。反対に俺は慌ててしまう。申し訳なさもあるが、

今は夜中だ。それも、立ち入り禁止の屋上。

「大丈夫。今のも相殺しておいたから」

「いつのまに……生意気ですいません」

俺の言葉がキャロルにどう響いたのかはわからない。だが、どこか吹っ切れたかのように思える。

「いいわ。引き受けてあげる」

「え？」

「ピアノよ。私が、全部演奏してあげるわ。生意気な後輩の頼みを聞いてあげるのは、生意気な先輩の役目でしょう」

「……俺は遠慮なんてしませんよ」

「その代わり、プログラムに少し手を加えさせてちょうだい。それが条件よ」

「仰せの通りに」

「ふふふ、やっぱり生意気ね」

◇

「う、嘘だろ？　キャロル先輩じゃないか……？」

「え、ほ、ほんとだ⁉」

「な、なんでここに？」

ホールで照明の設置、装飾を設置していると、キャロル・スタンウェイが現れた。

以前と違って優しい表情を浮かべている。

周りも驚いていた。近寄って礼を述べようとしたが、先に口を開いたのは彼女だった。

「舞踏会ってのはダンスが主役よ。この照明の位置じゃ顔がよく見えないわ」

開口一番のダメ出し。だがそれは、俺が望んでいたことだ。

参加してもらう以上、気になる所があればすべて言ってほしいと伝えていた。運営として、キッチリと仕事をやり遂げる。

それに世界的な天才がピアノを弾いてくれるのだ。

全力を出さなきゃ失礼だろう。

「承知しました。――おいササミ、照明を全部取り外せ」

「おいおいマジかよ⁉　たまたま手伝いにきただけたぜ⁉」

「お前の筋肉がより美しく見えるはずだ。そのほうがいいだろう？」

「なんだと……！　よっしゃアレン、肩車してくれ！」

「え、ぼ、僕が⁉　それにデュークが上に乗るの⁉　逆じゃない⁉」

キャロルが来てから、すべてが滞りなく進んでいった。彼女からすれば、舞踏会なんてそれこそごまんと見てきただろう。

花瓶の位置一つとってもこだわりが凄《すさ》まじく、それがまたプロ意識を感じた。

シンティアとリリスには最初から手伝ってもらっていたので申し訳なくもあったが、二人は嫌な顔一つせず、むしろ助かりますと喜んでくれた。

時間があればカルタやセシル、シャリーも手伝いにきてくれた。

舞踏会の設営がある程度調ったところで、ちょっとしたテストがあった。

「それじゃあ、ピアノの演奏に合わせて、少しだけ踊ってくれるかしら？」

手が空いている下級生を集めて、問題がないかを調べる。

ドレスではなくただの学生服だったので少し恥ずかしそうだったが、キャロルが演奏をしはじめると、みんな勝手に身体が動き出すかのようだった。

相変わらず心が揺さぶられるピアノだ。

だがなぜか、ダンスが主役なんだということもわかる音だった。

「アレン、なかなか上手になったわね」

「ふふふ、ありがと」

シャリーとアレンのダンスはよく合っていた。相変わらず器用な奴だ。

そして一番良かったのは、意外にもこいつだった。

「デュークくん、だったかしら。素敵なダンスだったわ。ピアノの曲に合わせてるみたいだし、相手もよく見えてるわ」

「あざっす！　キャロル先輩に褒めてもらえてうれしいっす！」

そういえば騎士家系だったな。身体を動かすことが得意なのも関係していそうだ。

シンティアは踊ることなく、俺と同じで周囲に目を光らせていた。

彼女のドレス姿は久しく見ていない。きっと綺麗だろう。

テストは問題なし。音楽隊もピアノも、すべて完璧だ。

帰り際、キャロルが声をかけてきた。

「で、肝心の運営さんはなぜ踊らなかったのかしら」

「俺は警備みたいなものなので」

「なるほど、怖いんだねえ」

「そうですね。何かが起きるのはもうこりごりなんで」

正直言えば、初めはただ面倒だった。だが、今は違う。

無事に終わってくれればいいと、本気で思っている。

「……本当かしら」

「ん、何かいいました？」

「何でもないわ。さて、もうちょっとだけ音の確認もするわ。最後までよろしくね」

「了解です」

◇

舞踏会まで残り七日を切った。

生徒たちのドレスも届き、全員のスケジュールも確認済み。

自室にて、一人で舞踏会のメンバー確認にチェックを入れていた。

シンティア・ビオレッタの欄で、手が止まる。

彼女は俺が踊らないと伝えても、たったの一度も責めることはなかった。

意見を尊重し、自ら率先してリリスと共に運営の手伝いをしてくれている。

とはいえ、何も思ってないわけではないだろう。

貴族からすれば、舞踏会は自己をアピールするのに必要不可欠な場だ。

ただ俺の気持ちを理解してくれているだけだ。

そして俺は、キャロルに言った言葉を、思い出していた。

――『弱虫ですね』

……クソ野郎が。それは、自分のことだろうが。

机の上、置き時計に視線を向ける。

この時間なら、まだあいつらがいるはず。

……ああクソ、俺って奴はほんと――情けねえよなァ。


「アレン、その攻撃じゃヴァイスに通じねえぞ」

「……そうだね。もっともっと頑張らないと――って、え？　ヴァイス？」

「相変わらず熱い夜を過ごしてるみたいだな」

俺は、地下闘技場に来ていた。夜は大体デュークとアレンが模擬戦をしている。

こいつらに興味を持っているわけではなく、生徒なら誰でも知っていることだ。

「何だなんだ、交ざりにきたのか？　よし、いいぜ。俺とやろうぜ！」

「ああ、それとは別に頼み事がある」

俺の言葉に、二人は顔を見合わせた。今まで、そんなことを言ったことがない。

デュークが、嬉しそうに声を上げる。

「ったりめえよお！　俺たちゃダチだろぉ⁉」

「……どうだろうな」

「ま、気にすんなって！　アレン、いいよな？」

「もちろんだよ。それじゃあ、まずは交代で戦おっか」

それから何度か手合わせをした。二人とも強くなってやがる。

ったく、主人公どもが努力したら手が付けられなくなるだろうが。

「それで、頼みってなんだ？」

「そうだね。ヴァイス、珍しいよね？」

「………」

「何だ、どうした？　疲れたのか？」

「ヴァイス？」

舞踏会までもう時間がない。――弱さを、認めるべきだな。

「――てくれ」

「ん？　てくれ？」

「俺に……ダンスを教えてくれ」

笑っちまうくらい俺はバカだ。

運営に立候補したのは、ダンスが苦手だったから。

けど、本当はそれだけじゃない。

シンティアに恥をかかせたくなかったからだ。

俺はあの悪名高いヴァイス・ファンセント。

そんな俺と婚約を結んだシンティアには、当初、様々な噂が立っていた。それこそ、酷《ひど》い罵声を浴びせられたこともあっただろう。

今はようやく落ち着いてきたが、ダンスは貴族の嗜みだ。

俺が下手だったら、彼女に迷惑がかかってしまう。

そして軽視もしていた。舞踏会なんて、金持ちの道楽だと。

そんな時間があるなら、剣や魔法の訓練に充てたほうがいい。

実際、このイベントは破滅回避のためには何の意味もないだろう。

たとえ不参加でも日常は続くし、成績にもなんら影響はない。

だが、その考えは間違っているとわかった。

運営を通じて、キャロルを通じて、楽しげに踊る生徒たちを見て……自分と向き合うべきだと気づいた。

逃げず、立ち向かう。

しかし俺はいつも偉そうにしている。アレンとデュークにバカにされてもおかしくはない。

もし俺がこいつらならきっと――。

「もちろんいいぜ！　俺はあのキャロル先輩に褒められた男だしな！　手取り足取り任せな！」

「珍しいねヴァイス。もちろんだよ。頼ってくれて、嬉しいよ」

だがこいつらは笑うことも、軽蔑することもなかった。

ったく、主人公たちってのは、ズルいよな。

弱さも何もかも、無条件に肯定してくれやがる。

「お、どうしたヴァイス？　なんか微笑んだか？」

「確かに、今笑ったかも」

「笑ってない」

「いや、俺は見たぜ。頬が、ピクッと上がったぜ！」

「うん、絶対に笑った」

「笑ってない」

「なんか圧があるな……。まあいいぜ。で、どこから知りたいんだ？」

「できれば基本からお願いしたいんだが」

「だったらワルツかウィンナワルツだな！　正しいホールドから教えてやるぜ！」

「お前……本当にデュークだよな？」

「どういう意味だ？」


放課後、俺は舞踏会のホールで、デュークとアレンからダンスを教えてもらうことになった。身体のバランスは悪くないらしいが、いかんせん慣れていない。

言葉では理解できても、上手くステップが踏めなかった。

「わかったぜ俺。ヴァイス、まだ恥ずかしいんだろ？」

「……なんでそう思うんだ？」

「身体が硬いんだよ。音楽に身を任せてみろ。段々楽しくなってくるぜ」

「デュークの言う通りだよ。僕もワルツはまだ難しいけど、それでもダンスの楽しさは知ってる。笑って、楽しめばいいんだよ」

そう言われても、俺は笑顔が苦手だ。戦うことしか能がない。やっぱり、俺には無理なんじゃないか。

するとそのとき、ピアノの音が聞こえた。

一小節だけでも、誰だかわかってしまう。

「はい。突っ立ってないで踊る。もう時間ないわよ」

キャロル・スタンウェイが、ピアノ越しにそう言った。

俺は笑った。恥を覚える必要はない。誰にでも初めてはある。

それを、忘れるな。

「デューク、悪いがもう一回頼む」

必ず、シンティアのためにも。

◇

そして来るべき日がやってきた。

普段は訪れることのない女子棟。

緊張しながら、深呼吸して、ネクタイを正す。

そして、シンティアとリリスがいる部屋の扉をノックした。

ほどなくして、ドアが開かれる。

「ヴァイス様、こんばんは！」

外はすでに暗くなっていた。

それもあって、舞踏会までは男がエスコートするのが基本だ。

リリスはイエローカラーを基調としたドレスを身にまとっていた。笑顔が明るい、彼女によく似合う。

そして俺は、用意していたものを手渡そうとした。

だがリリスが首を振り、奥のシンティアに顔と手を向ける。

「ヴァイス、どうでしょうか」

純白のドレスにブルーがかった差し色が入っていた。

黄金のように輝く綺麗な金色の長い髪、この世のすべてを見透かしたかのような美しすぎる碧眼《へきがん》。

初めて見たときよりも、より一層美しく見える。

「凄く綺麗だ。本当に」

「うふふ、ありがとうございます。――では、こちらを」

シンティアは、俺の胸元に花飾りを付けてくれた。色鮮やかなオレンジだ。

「花言葉は、前進や希望。ヴァイス、私はあなたとの未来を楽しみにしています。その意味を込めました。そして、いつも前だけを見ているあなたを尊敬しています」

彼女の気遣いに、俺はただただ感謝した。

愛情ももちろんある。だがそれ以上に尊敬している。

「リリス、こっちに立ってくれるか」

「え、わ、私は後でいいですよ⁉」

「頼む」

申し訳なさそうに、リリスはシンティアの横に並んだ。

用意していた花の腕輪を、二人の腕に着ける。

シンティアが赤い薔薇《ばら》、リリスには白い薔薇だ。

「俺にとって二人は欠かせない存在だ。心の底から信頼と尊敬の念を抱いている。そしてこれからも、傍《そば》で支えてほしい。その意味を込めた」

二人は少しだけ顔を合わせて、そして微笑んでくれた。

その直後、リリスが抱き着いてくる。

「嬉しいです！　絶対離れません！　そしてヴァイス様のオールバック、めちゃくちゃ恰好《かっこ》いいです！　素敵です！　ねえ、シンティアさん！」

「はい、いつもの数億倍は素敵ですわ」

リリスの言う通り、俺はいつもと違って前髪を上げていた。これは、デュークからの教えだ。

騎士たるもの、いつもと違う面を見せるのは当たり前だと。

ハッ、あいつに感謝する日が来るとはな。

ってもシンティア、数億倍はさすがに言いすぎじゃないか……？

会場入りは誰よりも早い時間にしていた。

最終点検をするためだ。しかし、入り口から既にピアノの曲が流れていた。

中に入ると、髪色と同じグレーのドレスを身にまとったキャロル・スタンウェイが演奏していた。

入場曲としてあらかじめプログラムしていた、静かで優雅なメロディが流れている。

テストのときよりも、何倍も音が繊細に聞こえる。

思わず聴《き》き惚《ほ》れてしまった。だが突然、ピアノがピタリと止む。

「なるほど、両手に花とはよく言ったものね。同性の私でも羨ましくなるわ」

一体何のことかと思ったが、シンティアとリリスが、俺の腕にくっついている。

ちなみにガッチリ掴《つか》んで離さない。たゆんたゆん。

「キャロル先輩、とてもお美しいですわ」

「はい！　めちゃくちゃお綺麗です！」

「うふふ、ありがと。それじゃあ、時間まで私は調律しておくわ。後はよろしくね」

二人と別れて、俺は運営生徒たちと最終点検をした。

少しして、他の生徒たちも姿を現してくる。

髪色と同じ薄いピンクドレスのカルタ。

細身を生かしたスレンダードレス、白がよく似合うセシル。

「ヴァイスくん、ど、どうかな？」

「似合ってるぞ。綺麗だ。」

「えへ、えへへ」

「ファンセントくん、私は？」

「美しい、という言葉が似合うな」

「ふふ、ありがと」

二人は意外と相性がいいらしい。そしてデカい声で現れたのは、デュークとアレンだ。

二人とも筋肉が引き締まっているからか、スーツがよく似合っている。

俺と同じでいつもとは違うオールバック。案外悪くないな。

「よっヴァイス！　しかしスゲエな。ここまで装飾が綺麗だとは思わなかったぜ」

「デュークの言う通りだね。ピアノも、相変わらず凄いね」

「もうすぐ上級生も来る。粗相のないようにな。そういえば、シャリーはどうした？　アレン、一緒じゃないのか？」

「すぐそこまで一緒だったよ。外で設置魔法の点検したいって」

「相変わらず律儀な奴だ。ちゃんと迎えにいったんだろうな？」

「え？　そうだけど……なんで？」

「いや、ならそれでいい」

ったく、なんで俺が気を遣わなきゃいけないんだ？

少しするとシャリーが現れた。俺が似合うといった肩出しのオレンジがかったドレスだ。

ヒールもよく似合ってやがる。

「馬子《まご》にも衣裳《いしょう》ね、ヴァイス」

「ああ、元がいいからな」

「よく言うわ。でも、普段と違って、真面目そうに見えるかも」

「まるでいつも違うみたいじゃないか」

「あら、知らなかったの？」

「俺は誰よりも真面目だ。どんなことにもな」

「ふふ、そういうことにしといてあげる」

相変わらずいつも通りだ。いくら舞踏会に慣れているとはいえ、連中もノブレス魔法学園では初めてだ。

誰もが緊張している。なのに、シャリーだけは変わらない。

厄災が終わったあと、彼女は誰よりも元気に授業を受けていた。その姿には、多くの生徒が勇気をもらっただろう。

改変した今、魔王を倒すのは俺でもアレンでもなく、もしかしたらシャリーかもな。

「なに、なんかついてる？」

「いや、何もだ。じゃあ俺は運営に戻る。──シャリー」

「なあに？」

「似合ってるぞ」

「……ふふふ、ありがと」


生徒たちの食事の進みが遅くなるとピアノの曲が変わった。

運営としての仕事として、テーブルを片付けたり、照明を替えたりする。

ここまでくると、大勢の生徒が少しそわそわしはじめていた。貴族ということもあって婚約者同士も珍しくはないが、相手がいない場合は異性を誘わなきゃいけない。

一人、また一人と踊りはじめる。

「シャリー、いいかな？」

「もちろん。足、ひっかけないようにね」

「もちろん、任せて」

アレンは、シャリーの手を引いて踊っていた。立ち振る舞いは紳士のそれで、平民とは思えない気品が感じられる。

少し気になってデュークを見てみたが、案外先輩から好かれているらしく、上級生の女性と踊っていた。

確かに、頼りがいはあるか。

そしてそのとき、ピアノの演奏をしているキャロルと目が合った。

同じタイミングで、リリスが後ろから声をかけてくる。

「ヴァイス様、後は私に任せてください。シンティアさん、待っていますよ」

俺は、その言葉に驚いた。ダンスの練習はしていたが、そのことはデュークとアレンしか知らないはずだ。

リリスには踊らないと言っておいた。もしかして見られていたのか？　いや、その気配はなかった。

「私は、ヴァイス様のメイドですよ。全部わかっています。ヴァイス様なら、できますよ」

「……ありがとな」

そうか、何もかもわかっていたのか。はっ、まったく俺はダメな奴だな。

気を遣わせてしまってばかりだ。

深呼吸して、運営と話しているシンティアに声をかけにいく。

彼女は何度かダンスを申し込まれていたが、そのたびに断っていた。おそらく俺のためだろう。

「シンティア」

「はい。どうされましたか？　ヴァイス」

「俺と――踊ってくれないか？」

静かに、ただまっすぐに彼女の瞳を見つめた。

初めて会った時と変わらない、赤くて綺麗な瞳だ。

シンティアは微笑んでくれた。静かに、俺が差し出した手を取ってくれる。

「――喜んで」

ゆっくりと歩いて、ダンスの輪に入っていく。

だが笑ってしまうくらい俺は緊張していた。

自分が失敗することにじゃない。シンティアを笑われたくないからだ。

あの程度の男だと周りに思われることは、彼女の評判にも関わる。

心臓が震える。一体どう踊ればいいのか、思い出せない――。

「何だこの曲？」

「ん、何だ？」

「初めて聞くわ。なんだか、おもしろいわね」

するとそのとき、流れてきたメロディに思わず笑みがこぼれた。

俺が、キャロルの無茶ぶりで演奏した曲だ。

自然に、彼女と視線が合う。

『が・ん・ば・っ・て』

不思議と震えは消えていた。

シンティアの顔が、よく見える。

曲が戻っていく。驚くほど自然に。さすが、キャロル・スタンウェイ。

「──ヴァイス、覚えていますか。あの舞踏会の日のことを」

そしてシンティアが、俺の目をまっすぐ見つめながら、そう言ってくれた。

初めは心底嫌われていた。だが、ダンスを通じて彼女と心を通わせることができた。

なぜそれを忘れてしまっていたのか。

どうして、無駄なイベントだと決めつけてしまっていたのか。

舞踏会は、俺にとってかけがえのない大切なものだったはずだというのに。

「……シンティア、これからも君には迷惑をかけるだろう。だがずっと俺の隣にいてくれ。必ず、大切にする」

「──はい、もちろんですわ。ヴァイス」

それから俺は、できるかぎり頑張った。

もちろん完璧にはほど遠い。とはいえ、やれることはやった。

リリスとも踊った。相変わらず元気で、笑顔溢れるダンスだった。シンティアは微笑んでいた。

最後の曲が終わったとき、一斉に拍手喝采が起きた。

音楽隊のおかげで大成功したのだ。そしてもちろん、多くの視線がキャロルに注がれていた。

彼女なくして大成功はありえなかっただろう。

ほどなくして、クイーンとキングを決める投票箱の結果が出た。

既に投票は終わっている。

原作ではアレンと——。

「それでは早速ですが、投票の結果が出ました」

全員が固唾《かたず》を飲んでいた。そして——。

「クイーンは、シンティア・ビオレッタ。キングは——ヴァイス・ファンセントです」

ふたたび歓声が上がった。俺は何のことかわからなかった。

どう考えても下手だったはずだ。うまくステップも踏めなかった。シンティアに迷惑をかけた。

だがまるで、俺以外は納得しているみたいだった。

そこで、キャロルがマイクを手に取った。

「納得の結果ですね。シンティアさんは、とても美しく、優雅なダンスでした。もちろん、彼女の努力の結晶でしょう。そして、ヴァイス・ファンセント。私から見て、彼は少しばかりぎこちなかったです。しかし、誰よりも一生懸命でした。個人的に、私は彼を知っています。生意気です。それはおそらく、みなさんもよく知っていることでしょうけれど」

ドッと笑いが起きる。一体、どういうことだ……。

「ですが、彼を尊敬している点は、私も含めて、皆さんと同じだと思います。下級生首位というのは、生半可な覚悟では取り続けられません。本当に凄いことです。それに彼は今回、苦手なダンスにも挑戦しました。普通はできませんよね？　だって、恥ずかしいですから。――しかし、彼は立ち向かいました。私は彼を尊敬しています。どんな困難にも立ち向かう、強い彼を。――では、改めて二人に、拍手をしてあげてください」

直後、溢れんばかりの拍手が巻き起こる。

いつも自己中心的な俺が、こんな注目を浴びるとはな。

「ヴァイス、私はあなたの婚約者になれて本当に幸せですわ」

最後のシンティアの言葉が、心の底から嬉しかった。

このイベントは破滅回避に一切関係ない。

でも、俺にとっては生涯忘れられない思い出となった。

◇

それから何気ない日常が続いた。いや、過酷で、いつもの争いの日々が。

アレンは相変わらず生意気で、そして強くなっている。

そんなある日、俺は驚くべき話を聞いた。

「それは本当か？　リリス」

「はい。おそらく、既に馬車に――」

急いで門へ向かう。

そこには、馬車に乗り込もうとしていたキャロル・スタンウェイがいた。

それも、大きな荷物を持って。

「どういうことですか」

「あら生意気くん、もしかしてお見送りしてくれるのかしら」

「わけがわかりません。あなたなら間違いなく卒業できる。絶対に」

原作でキャロル・スタンウェイは、トップクラスの成績で卒業している。

なのになぜ――自主退学なんて。

ありえない。いや、俺だ。俺のせいだ。

俺が、屋上で彼女を咎《とが》めたからだろう。弱虫だと、ののしったからだ。

クソ、何で、なんで俺は……。

「ちょっとだけ待ってもらえますか」

キャロルは従者にそう言って、静かに歩み寄ってくる。

なぜか満面の笑みだった。

「勘違いしているみたいね。私のせいだわ。少し、話しましょうか」

俺たちは近くのベンチに座った。ノブレス魔法学園を卒業すれば順風満帆な未来が待っている。

彼女は魔法も素晴らしい。それを、俺が――。

「あなたのおかげで勇気が出たのよ」

「……俺の？　どういうことですか」

「私は向いていないわ。このノブレス魔法学園に。それはずっとわかってたのよ。もっと、やりたいことが見つかったの」

「やりたいこと、ですか」

「私は親友を退学に追い込んだ。それは嘆いても仕方ないし、あなたの言う通り、私は自分の過去を肯定することにした。そして、未来もよ。ノブレス魔法学園を卒業すれば、確かに周りからの評価も上がるし、色々と楽になるわ。でも、私が本当にやりたいのは、音楽なの。それが、舞踏会を通じてよくわかった。あなたを見て、って言うと申し訳ないけれど、世界にはまだまだ音楽を知らない人や、楽しめない人がいる」

この世界は広い。それこそ、まだ戦争をしている地域もある。

政治が発達していないところだってある。

貧困で、音楽を楽しむ余裕がない人も。

「私ね、自分から親友に連絡とったの。それで、彼女が連絡してこなかったのは、私に余計な心配をさせないためだったんだって。そして教えてくれたの。彼女は、楽器を片手に世界を回るんだってさ」

「……もしかして」

「うふふ、そうよ。私はそれについていく。この世界が危険でいっぱいだってことは知ってるわ。だから、私は彼女の傍にいてあげたい。それで、私の音楽をもっと世界中の人に知ってほしい。それが、私の一番やりたいことだった」

「卒業してからでは……遅いんですか」

「そうね。私は、今すぐにでも飛び出したいの。それに、なんでそんなに気にしてるの？」

「あなたに……卒業してほしかったからですよ」

「あら、もしかして告白？　私ともっと会話したかった？」

「そう……かもしれませんね」

俺はキャロルに教えてもらった。無意味なものなんてないと。

「――ねえヴァイス」

「はい」

「あなたのおかげだよ。本当に感謝してる。私は、人を幸せにできる音楽家を目指すよ。それまで諦めない。だからあなたも負けないで。これから先、ずっとね」

「それ、むちゃくちゃな話ですね」

「ふふふ、後輩は先輩の言うことを聞くものだよ。――それじゃあね、短い間だったけど、あなたと出会えてよかった。ダンスも凄く良かったわ。それに恰好よかった」

その言葉を残して、キャロルは馬車に乗り込み、去っていった。

俺はまた改変をした。いや、してしまった。

これが良い事なのか悪い事なのか、現段階ではわからない。

ただ少なくとも、彼女は初めて会ったときと違って、満面の笑みを浮かべていた。

いや、こんなことを考えるのはおこがましいか。

俺は未来を知っている。けど、それだけだ。彼女の人生を左右できるわけでもない。

それよりも教えてもらったことを生かすべきだ。

ただひたすらに、どんな時でも一生懸命に生きるべきだと。

――ああ、もう負けられないな。ヴァイス。

――俺は、誰にも負けない。

――お前も、そう思うだろ？

――って、答えるわけないよなァ。

「さて、午後の授業は戦闘試験だったな。――全員、叩き潰してやるか」

俺はただひたすらに前だけを見続ける。

でもまあ、たまには寄り道も悪くないな。

あとがき

二巻のご購入ありがとうございます。あなたの菊池快晴です。

今回は二人の女性が新しく登場しました。まずはセシル・アントワープ。既にお読みいただいた方ならわかると思いますが、彼女は厄災を食い止めるにあたって必要不可欠な存在でした。そしてキャロル・スタンウェイ。彼女はｗｅｂ版にも登場していない上級生です。音楽に長《た》けていて、そしてセシルとの共通点があります。それは天才でありながら孤独なことです。しかし、二人ともヴァイスとの関わりを経て、本当の感情を表に出せるようになりました。

人って表面だけじゃわからないですよね。笑っていたり、怒っていたり、泣いたりしても、それが本当の感情なのかどうかって、当人すらわかってないことがあると思うんです。

ただ、ヴァイスはそんな心の奥までしっかり気づいてくれます。そんなところが彼の魅力で、読者様にもそれが伝わっていると嬉《うれ》しいです。前回に続き、三巻が出るのかどうかは読者様のお力も必要です。まだまだヴァイスの活躍や『ノブレス・オブリージュ』を見たいと思ってくださった方は、是非是非周りにおすすめくださいませ。

最後までお読みいただき本当にありがとうございました。

怠惰《たいだ》な悪辱貴族《あくじよくきぞく》に転生《てんせい》した俺《おれ》、シナリオをぶっ壊《こわ》したら規格外《きかくがい》の魔力《まりよく》で最凶《さいきよう》になった2

著　菊池快晴《きくちかいせい》

角川スニーカー文庫　24300

2024年9月1日　初版発行

発行者　山下直久

発　行　株式会社KADOKAWA
〒102-8177 東京都千代田区富士見2-13-3
電話　0570-002-301（ナビダイヤル）

印刷所　株式会社暁印刷

製本所　本間製本株式会社

Printed in Japan　ISBN 978-4-04-115319-2　C0193

★ご意見、ご感想をお送りください★
〒102-8177 東京都千代田区富士見 2-13-3
株式会社KADOKAWA　角川スニーカー文庫編集部気付
「菊池快晴」先生「桑島黎音」先生